Stein Torleif Bjella • Das Fischerhaus

Stein Torleif Bjella

Das Fischerhaus

Roman

*Aus dem Norwegischen
von Daniela Syczek*

btb

Inhalt

Prolog 7

Nächstes Jahr musst du das alles selbst hinkriegen 9
Bachforelle und Hinterwäldler 49
Nachdenkliche oder treibende Musik 79
Wer bin ich eigentlich? 103
Der toughste Bauernbursche, den die Welt je
 gesehen hat 115
In der Strandzone, dem Land entlang, im Wasser 131
Übergänge 153

Epilog 163

Prolog

Ich könnte dir was über Knut Hårspray, Einar Steinar, Ved-Bjørn und den Doppelteufel erzählen. Ich hätte was über die Leiche im Livtjødn, das Opfer in Brennodden und die Panzer im Wald auf Lager. Das muss alles warten. Meine beste Geschichte ist die über Ivar Helgesson Aal (1936–2015) und mich, als wir gemeinsam beim Herbstfischen am Storsenn waren. Wir sahen uns nicht oft, aber diese eine Woche vor acht Jahren veränderte mein Leben.

Ich selbst bin siebenundvierzig Jahre, Aushilfslehrer, Musiker und Hinterwäldler. Ivar wiederum hat immer noch alles im Griff, inzwischen jedoch von einer neuen Luftschicht aus. Dort balanciert er wahrscheinlich auf dem Rand schwarzer Löcher, reitet auf Nordlichtern und lässt sich über eine neue Weltordnung aus. Egal, wo er hinkommt, bleiben die Leute still sitzen und lauschen, starren beschämt auf die Tischplatte oder lassen ihr Essen stehen, niemand schläft, viele sind verunsichert.

Nun zu der Frage, die dir wohl am stärksten unter den Nägeln brennt: Stimmt das, was hier geschrieben steht? Jawohl, *Das Fischerhaus* ist eine wahre Geschichte. Das Einzige, das ich geändert habe und auch nicht preisgeben will, ist der Name des echten Storsenn-Sees. In Wirklichkeit heißt er nämlich Øvringsvatnet, aber weil es Fischwilderei gibt, während ich das hier schreibe, wäre es verrückt, das zu verraten.

Während ich mit Ivar unterwegs war, notierte ich mir in freien Stunden: Namen und Zahlen, große und kleine Ereignisse, kurze und lange Gedankengänge. Schrieb in der oberen Schlafkoje im schwachen Licht der Taschenlampe, bis der Schlaf mich übermannte. Auf der Außentoilette, bis Ivar sich zu beschweren begann. Auf der Bank auf dem Schlossbalkon und abends am grünen Tisch im Kerzenschein. Ich kritzelte das blaue Notizbuch komplett voll. Danach lebte *Das Fischerhaus* nur in meinem Kopf, erst während der Pandemie fand ich die Ruhe, es aufzuschreiben.

JON ASLESSON AAL
Ål im Hallingdal, April 2021

| MONTAG |

Nächstes Jahr musst du das alles
selbst hinkriegen

»Wenn du ein guter Fischer sein willst, musst du denken wie ein Fisch.«

Onkel Ivar schaut mich direkt an. Obwohl seine Stirn klatschnass geschwitzt ist, sitzt sein strenger Seitenscheitel perfekt. Wir stehen auf der Böschung neben dem Bootshaus. Der Storsenn-See erstreckt sich westlich von uns, und das viel weitläufiger, als ich es in Erinnerung hatte. Ivar blinzelt im herrlichsten Herbstwetter. Er trägt hohe Gummistiefel, eine Feldjacke, gestrickte Fäustlinge und einen Krempenhut mit Ohrenklappen. Wir sind zwar nur vier Kilometer vom Parkplatz gelaufen, aber für Ivar müssen es vier Meilen gewesen sein. Nach vorne gebeugt und keuchend kämpfte er sich hierher. Die Schwerkraft und seine schwer beanspruchten Lendenwirbel drückten ihn zu Boden. Zwei Mal stürzte er; zuerst, als er einen falschen Schritt setzte, woraufhin er seitwärts fiel. Sein Rucksack und er lagen ineinander verkeilt in ein paar jungen

Bäumen. Er zischte wie eine Kreuzotter, als ich ihn nach oben hievte. Kurz darauf fiel er auf dem Trampelpfad einfach nach hinten und klemmte seinen Hintern zwischen zwei Steinen ein. Als ich ihm zu Hilfe eilte, drosch er mit seinem Stock auf mich ein. Er befreite sich auf eigene Faust, indem er vor- und zurückschaukelte. Danach hinkte er mit dem rechten Fuß.

Ich dachte bei mir, dass mein Onkel nicht mehr für so wilde Aktionen wie Herbstfischen in kalten Bergseen taugte. Sein Gleichgewichtssinn, sein Sehvermögen und sein Gehör waren inzwischen lausig, er fror ständig an den Händen und ginge ohne Frage unter wie ein Stein. Sein Mundwerk jedoch, das funktionierte immer noch einwandfrei. Seit ich ihn morgens abgeholt hatte, hatte er mir noch keine einzige Frage gestellt. Nicht der kleinste Anflug eines Dialogs, purer Monolog, keinen ganzen Satz hatte ich rausgebracht, nur: »ja«, »aha« und »mhm«. Ivar hingegen hatte durchgehend gesabbelt: »Hier war mal eine Hochebene. Hier gab es mal eine drei Kilo schwere Lachsforelle. Hier hatten wir mal im August Schnee. Hier beteten sie früher Feuer und Mond an. Hier standen mal zwei Fischerhütten, die ältere aus Stein und Erde. Hier lag immer das Boot, das früher mal ein Floß war. Hier stand mal die Milchkuh, die dein Großvater diesen einen Herbst dabeihatte, nachts wurde sie mit einer Decke zugedeckt, damit sie nicht fror, das Bootshaus war ihre Scheune – so sicherte dein Großvater sich Milch und Nahrung sowie Gesellschaft. Er patrouillierte am See mit einem Silberstab, der Griff diente als Revolver und der Stock als Gewehrlauf. So waren deine Vorfahren, Jon. Harte Kerle, bis in die achtzehnte uns bekannte vergangene Generation hinein.«

Es ist drei Uhr nachmittags. Der See liegt direkt unter tausend Metern, glitzert dunkelblau und verführerisch. Ivar windet sich aus seinem Rucksack. Er setzt sich an den Steintisch. Als er sich aufrichtet, verzieht sich sein Gesicht vor Schmerzen, dann holt er tief Luft und sagt:

»Ich möchte, dass du all das hier bekommst, Jon. Den See, das Boot, das Bootshaus, den Hof und alles Drumherum. Mir wäre wohler, wenn es jemand bekäme, der ein bisschen beherzter an die Arbeit geht. Leider hab ich aber geschworen, dass Storsenn in der Familie bleibt. Mein Leben lang hab ich gepredigt, dass Eigentum kommt und geht, dass es *Leute* gibt, aber nur sehr selten *Menschen*, dass wir Füße haben, keine Wurzeln. Das gilt aber nicht für Storsenn. Das muss in der Familie bleiben.«

Ich stand wie versteinert. Fand keine Worte.

Als Junge war ich einmal hier gewesen. Mein Vater und Ivar hatten mich bei Sonne und bestem Sommerwetter auf einen Sonntagsausflug mitgenommen. Ivar wollte eine Runde mit mir rudern gehen, also schoben wir das Boot raus. Papa blieb beim Bootshaus sitzen. Als wir auf dem Wasser waren, packte mich die Angst, und ich weinte. Der See wirkte riesig, schwarz und tief. Wir hatten keine Schwimmwesten dabei, weder Ivar noch ich konnten schwimmen. »Schau niemals nach unten, wenn du dich fürchtest. Immer nach oben«, erklärte er mir. Ich legte mich im Boot auf den Boden, wurde nass am Rücken, weil das gute Stück an mehreren Stellen leckte, und beobachtete die Wolken und ihre rasch an mir vorbeiziehenden Formationen. Ich tat also das krasse Gegenteil von dem, was er mir geraten hatte, ließ meinen Blick schweifen und träumte mich in Papas sicheren Schoß an Land, bis ich aufhörte zu weinen.

Jetzt stehe ich hier, auf der kleinen Angelwiese, mit dem ausgemergelten und nach Luft schnappenden Ivar, der auf meine Reaktion wartet. Er hat mich schachmatt gesetzt, und das Einzige, was ich rausbringe, ist:

»Ich?«

»Genau, du. Unglaublich, nicht wahr?«, antwortet Ivar.

Mir war klar gewesen, dass Ivar etwas Wichtiges vorhatte. Schon damals, als er sich vor sechs Monaten bei mir meldete und wir den Ausflug vereinbarten. Als er anrief, befand ich mich gerade im Proberaum und wartete auf die anderen Bandmitglieder. Wir wollten ein paar alte Lieder aufpeppen, vielleicht sogar ein paar neue einstudieren; mit etwas Glück standen im Sommer ein paar Auftritte an. Es lief bei mir. Man konnte nicht gerade behaupten, dass ich im Alltag besonders vielen Herausforderungen begegnet wäre, aber es lief, und das war mir wichtig. Trotzdem versprach ich meinem Onkel, ihn in dieser Woche zu begleiten, und fand mich ganz schön großzügig, als ich zusagte. Für Ivar war es eine Selbstverständlichkeit. Als wir auf den Parkplatz einbogen, zeigte er auf eine bestimmte Stelle und sagte:

»Ich parke für gewöhnlich dort. Also machst du das nun auch.«

Obwohl niemand sonst auf diesem riesigen Parkplatz stand, parkte ich das Auto *dort*. In dem Augenblick, in dem die Handbremse gezogen war, war Ivar schon am Kofferraum, wo er bald darauf seinen Rucksack schulterte, seinen Gehstock aus Birke herausfummelte und wackelig, aber bereit auf mich wartete. Ich kramte meinen Rucksack voller Bettzeug, Wechselwäsche, Ausflugsproviant und Getränke raus. Da hatte ich ganz schön was zu schleppen. Zu guter Letzt hängte ich mir meine liebste Flohmarktgitarre quer über die Brust, und wir machten uns auf den Weg. Zweihundert Höhenmeter, vier Kilometer.

»Wir haben Füße, stimmt schon, aber ganz schön viele wünschen sich Wurzeln«, sagte ich.

Eine offene Antwort, eine bessere fiel mir auf die Schnelle jedoch nicht ein. Sollte ich Storsenn als ein Geschenk betrachten? Dankend annehmen? Ich, der es liebte, unterwegs und frei zu sein. Hiermit würde ich mir Arbeit und Verantwortung aufbürden. Hätte ich nur jemanden gehabt, mit dem ich sie hätte teilen können, doch auch damit konnte ich nicht dienen. Ist es eigentlich möglich, allein Netzfischen zu gehen?

Ivar atmete tief ein, schüttelte den Kopf, schaute mich resigniert an und holte ein Brillenetui und ein nigelnagelneues blaues Notizbuch aus seinem Rucksack. Zwischen zwei Seiten lag ein Brief, den er mir vorlas:

»Ich, der Unterzeichnende Ivar Heldesson Aal, wohnhaft in Ål, übertrage hiermit meinem Neffen, dem Sohn meines Bruders, Jon Aslesson Aal, wohnhaft in Ål, meine Fischereirechte im See Storsenn, Hofnr. 130, Gebäudenr. 2, in der Kommune Ål. Darin inbegriffen sind die dazugehörige Wohneinheit und das Bootshaus samt Inventar, 30 Fischernetze und ein Boot. Die Kaufsumme beträgt 200 000 NOK. Hinzu kommen bewegliche Güter im Wert von 50 000 NOK. Nebenkosten des Verkaufes werden vom Käufer gedeckt. Jon Aslesson Aal übernimmt das Eigentum an Ort und Stelle. Am Eigentum lastet keine Grundschuld. Keine Konzession notwendig, da der Käufer der Neffe des Verkäufers ist.

Ål, 31. August 2013. Ivar Helgesson Aal.«

»Dem Amtsgericht in Hallingdal habe ich bereits eine Kopie hiervon übermittelt. Schließlich weiß man ja nie, wie lang man noch hat.«

Und schon streckte er mir das Notizbuch und einen Stift entgegen.

»Notier alles, was in den nächsten Tagen gesagt oder getan

wird. Ich erkläre es dir nur ein einziges Mal. Nächstes Jahr musst du das alles selbst hinkriegen.«

Wir gehen zum Ufer. Zur Vorderseite des Bootshauses. Der Storsenn sieht von Land aus kristallklar aus. Wasser und Licht lassen seinen Grund grünlich scheinen. Kein Schlamm, keine Vegetation, nur Berge, kleine und große Felsen, die von Wind und Eis reingewaschen und an den ihnen zugedachten Platz befördert wurden. Ich sehe kein Leben, keine Fische.

»Reich mir diesen hier«, befiehlt Ivar, während er auf einen kleinen, flachen Stein zeigt, der im Wasser direkt vor mir liegt.

Ich hole ihn raus, und Ivar bittet mich, ihn umzudrehen.

»Hier siehst du den Futtertrog der hier heimischen Forelle.«

Er zeigt auf mehrere kleine Insekten, die an dem nassen Stein hängen, und setzt hastig seine Brille auf.

»Zwei Wasserkrebse, eine Schnecke, eine Linse, zwei Larvengehäuse. Wären wir zur Sommerzeit hier, sähen wir Frühlingsfliegen und fliegende Ameisen, über der gesamten Wasseroberfläche tummelten sich frisch geschlüpfte Eintagsfliegen, und bekannte und unbekannte Insekten wuselten herum, deren Namen es einfach zu lernen gilt, doch wie auch immer, alles zusammen Lachsforellenfutter.«

Ivar wirft den Stein wieder ins Wasser. Ich drehe mich Richtung Land. Dicht neben einer großen Fichte, fünfzig Meter hinter dem Bootshaus, steht das Klohäuschen. Seine graue Holzfront lässt es mit seiner Umgebung verschmelzen. Ein

Wellblechdach und die Tür zur Landseite hin. Schließlich ging es nicht um einen idyllischen Ausblick, als die Sanitäranlage errichtet wurde. Auf die korrekte Abflusstechnik hingegen wurde penibel geachtet.

Ivar geht zur langen Wand des Bootshauses, um die offizielle Besichtigung zu beginnen. Er räuspert sich und ergreift das Wort:

»Wie du sehen kannst, Jon, ist das Fischerhaus zweigeteilt. Zum einen ein altes Blockhaus, am weitesten vom Ufer entfernt. Zum anderen, weiter vorne, ein offenes Außengebäude aus Stein, mit Holz verkleidet«, erklärt Ivar und zieht einen Stein aus der Grundmauer, hinter dem ein schmiedeeiserner Schlüssel liegt, ein ordentlicher Brocken. Er steckt ihn in das Schlüsselloch der Haupttür.

»Ich weiß nicht, wie lange der ältere Teil des Gebäudes bereits steht, es muss jedoch schon beachtlich sein. Die gesamte Storsenn-Fischerei ging immer von diesem Ort aus.«

Ivar nickt in Richtung Gebäude, als stünde dort jemand. Daraufhin erzählt er, und ich schreibe alles auf, so, wie er es will. Früher war der Bootsanlegeplatz offen, und das Boot wurde nur von der alten Blockhütte an der Hinterseite geschützt, während es im Freien lag. Das Gebäude selbst diente gleichermaßen als Aufenthaltsort und Werkstätte. Großvater grub alles um und vergrößerte die Anlegestelle. Das machte er in mühsamer Handarbeit und alles allein, was immenses Planungstalent und einen Riesenaufwand erforderte. Im Winter wurde das

Material angekarrt, im Sommer errichtete er die Seitenwände. Die Steine holte er alle von den Uferböschungen, den Dachstuhl baute er aus Birkenbrettern. Dort oben setzte er auch den Anbau an, indem er im selben Dachwinkel im Kreuzband und in Blockbauweise mit derselben Breite und Höhe anschloss. Die beiden Gebäudeteile trennte nur eine einfache Tür, der Türeinsatz wurde durch Lamellenglas ersetzt. Das Ganze sieht ziemlich selbst gemacht, aber wirklich gut durchdacht aus.

Ich stelle fest, dass Ivar den Anbau aus den 1930ern konsequent Neubau nennt.

»Dieser Neubau ist das einzige Haus, das mein Vater je gebaut hat«, erklärt Ivar.

Wir stehen auf der kleinen Böschung längs der Mauer und mustern das Gebäude von der Seite aus. Auf dem alten Teil befindet sich ein Gründach, den Anbau daneben schützt ein rostrotes Wellblechdach. Ganz vorne, mit Blick auf den See, kann man sich unterstellen und seine Ausrüstung ablegen, wenn man mit dem Boot losfährt oder zurückkommt. Ivar nennt diesen wettergeschützten Vorsprung Schlossbalkon, weil man dort gut sitzen und den Blick geradeaus Richtung See schweifen lassen kann.

»Sitzt du am Schlossbalkon, willst du nirgendwo anders auf der Welt sein.«

Da hat er recht, es ist richtig gemütlich hier. Vor uns thront der Storsenn. Ein See, mitten auf dem Berg, mitten im Wald, der sich nicht um mich oder uns schert, der einfach existiert.

»Mein Großvater war ein Rebell, mein Vater das absolute Gegenteil, so waren sie eben«, meint Ivar und streicht sich mit seiner Hand über seinen Mund. Fixiert etwas in der Ferne, schaut und wartet ab. Auf was?

»Mein Vater war ein Perfektionist«, behauptet Ivar und kommt wieder in Redefluss. »Der Anbau vom Bootshaus ist solide gemacht, wie alles, was er in die Hand nahm. Aus dem wäre nie ein Bauer geworden, bei dem musste alles immer tipptopp sein, blitzeblank, akkurat, frisch lackiert, ordentlich und poliert. Chaos jagte ihm Angst ein, da fühlte er sich schon fast handlungsunfähig. Das Geld, das er geerbt hat, gab er für ein Auto aus, für ein Motorrad, den Barbier und eine Kamera, ein Grammophon, ein Radiogerät, Kleidung und Hotelzimmer, Hüte und eine wertvolle Schuhkollektion, also alles nur Sachen für sich selbst. Seine Pingeligkeit brachte ihm den besten Rakfisk weit und breit ein, er ging da ganz bedacht vor und geduldig. Seiner Meinung nach war Rakfisk nicht nur irgendwas zum Essen, es war etwas ganz Besonderes. Darum ging er so feinfühlig vor wie ein Uhrmacher und so genau wie ein Büchsenmacher. Das Ergebnis sollte sich nämlich sehen lassen. Erst im Alter hörte er auf, Rakfisk zuzubereiten, denn er brachte diese enorm hohe Qualität nicht mehr zustande, also ließ er es bleiben. Seiner war der beste in ganz Ål.«

Über Großvater hatte ich schon einiges gehört, meine Erinnerungen an ihn waren jedoch vage. In meinem Kopf gibt es ein verschwommenes Bild von seinem Haus und der Treppe davor, ich sehe ihn vor mir mit Gehstock, wie er sich einen gemütlichen Nachmittag macht. Die stärkste Erinnerung habe ich an den Geruch seines Aftershaves, kombiniert mit Zigarettenrauch. Um ihn herum qualmte es. Mutter nannte ihn »Schraube«, was vermutlich nicht nur positiv gemeint war, jedoch sagte sie es stets mit einem Lächeln. Er muss eine ganz schöne Nummer gewesen sein. Als er Urgroßvaters Erbe aufgebraucht hatte, konnte man es wohl ein Riesenglück nennen, dass er sofort einen Job als Kellner ergatterte. Auch für das Hotel war er ein Gewinn, denn niemand im ganzen Kollegenkreis roch so fantastisch und erschien täglich mit einem so fein säuberlich gebügelten Hemd zum Dienst.

Während der Besichtigung des Bootshauses folge ich Ivar auf Schritt und Tritt. Er schaut mir nicht ein einziges Mal in die Augen, wirkt ungeduldig. Atmet mehrmals tief ein, nimmt seinen Krempenhut ab, fährt sich mit seiner rechten Hand durch die Haare, kneift die Augen zusammen, will breitbeinig mit hinter seinem Rücken verschränkten Händen stehen, doch das will nicht so recht klappen und wirkt, als wisse er nicht, wo er anfangen oder stehen solle. Ich denke, dass Onkel Ivar erleichtert darüber sein muss, die Verantwortung abgeben zu können, gleichzeitig weiß ich aber, dass ihm unwohl dabei ist, sie ausgerechnet an mich abzugeben, schließlich macht er daraus keinen Hehl. Aber ich bin es ja nicht, der sich hier aufdrängt. Das ist auf Ivars Mist gewachsen. Wieso wird mir eigentlich diese zweifelhafte Ehre zuteil?

Entlang der Rückwand des Gebäudes befinden sich mehrere zurechtgehauene, flache Steine. Man könnte meinen, sie stünden aus rein dekorativen Zwecken hier herum, so verdammt abgerundet wirken sie. Tatsächlich dienen sie zum Beschweren der Rakfisk-Eimer. Auf der nordseitigen Wand führt ein eingemauerter Durchgang nach unten zu einer niedrigen Tür, die einen kleinen Keller versperrt. Ivar erklärt, dass der Eingang dort, und nur dort an der Nordseite liegen müsse, damit der Raum in der Erde sich nicht durch Sonnenstrahlung erwärmen kann.

Ich folge ihm in den Keller, der erstaunlich kalt und sauber, trocken und aufgeräumt wirkt. Wir stehen ungefähr eineinhalb Meter unter der Erde. Mittendrin befinden sich auf einer niedrigen Holzverkleidung fünf Dreißigliter-Plastikeimer mit der Öffnung nach unten.

»Bis in die fünfziger Jahre verwendete man Holzeimer. Sobald Plastik auf den Markt kam, nutzte Vater liebend gerne dieses neue, saubere und dichte Material, das für die Rakfisk-Zubereitung und den Weiterverkauf so unerlässlich wurde«, erklärt Ivar und versperrt die Kellertür hinter uns wieder.

Wir betreten durch die Haupttür des Anbaus das Gebäude und spazieren in den alten Teil des Hauses. Dort steht ein frühes Modell Nr. 14 des Bjørn-Ofens der Firma Drammens Jernstøberi & Mek. Værksted, der mit einer Kochplatte ausgestattet ist und dessen Rauchabzugsrohr direkt in die Wand mündet. Ein Stockbett, zwei Sprossenstühle, eine Holztruhe mit flachem

Deckel, ein Wandschrank für Lebensmittel, ein grüner, hoher kleiner Tisch unter dem einzigen Fenster des ganzen Gebäudes.

An der Wand neben der Tür hängen zwei Fotografien. Die eine zeigt Großmutter, Vater, Torleif und Ivar. Großmutter sitzt mit Kopftuch und Schürze und verschränkten Beinen auf der Steinplatte vor der Haustür, beugt sich vor und lächelt den Fotografen an, der wohl Großvater gewesen sein muss. Ihre drei Söhne blicken ordentlich in einer Reihe stehend ernst in die Kamera, hinter ihnen hängt ein Fischernetz zum Trocknen an der Wand. Das andere Foto zeigt Ivar und Großmutter im Boot nahe dem Ufer. Sie lacht, während Ivar an den Rudern posiert und vorgibt, sie zu schwingen. Er sieht stolz und kräftig aus. Mir fällt auf, dass es hier zwei Fotos von Ivar gibt und nur eines von meinem Vater. Wahrscheinlich wurde schon früh entschieden, dass der älteste Sohn den Storsenn bekommen würde. Oder es wurde überhaupt nicht entschieden, es war einfach so. Dem Ältesten steht alles zu, weil er der Älteste ist. Jedenfalls tut es mir gut, ein Foto von Vater zu sehen. Das passiert nicht wirklich oft, vor allem Bilder aus seiner Kindheit und Jugend faszinieren mich. Ich identifiziere mich auf allen Ebenen mit ihm.

Im Anbau befinden sich eine Spüle und ein Gasherd sowie ein Schleifstein für Messer.

»Eine weitere Spezialität meines Vaters«, erklärt Ivar und demonstriert den Stein, der sich mithilfe einer Fahrradkette und Pedalantrieb drehen lässt.

An derselben Wand befindet sich die Haupttür, niedrig, breit und mit einem Scharnier, das nach innen geht, und einem schwarzen, großen Schloss für den massiven schmiedeeisernen Schlüssel. Auf dem Boden stehen Zinkwannen; eine ist voller leerer Ölflaschen, die als Markierungsbojen genutzt werden. Eine Wanne ist mit Dreggen und einem alten militärischen Unterwasserfernglas sowie mehreren ineinandergestapelten kleinen rostigen Wannen gefüllt. Rechts hängen zwei Stangen mit Netzen an der Decke, die verblichen und gefärbt aussehen: dunkelblau, hellgrau, mittelgrau, sattgrün, tiefrot, paarweise zusammengebunden, auf zwanzig selbst geschnitzten Holzstäbchen arrangiert. Die Netze hängen wie Gardinen an der Wand, wie Draperie, besser gesagt: wie ein großer Bühnenvorhang.

Während Ivar nach vorne schaut, streiche ich mit meiner Hand durch die Netze.

»Hör auf. Du bringst bloß die Netze durcheinander«, sagt Ivar sofort.

Ich antworte nicht, denke mir nur, dass ich die Netze schon nicht durcheinanderbringe, dass er nicht gleich so schroff sein muss und dass er eine ganz schön merkwürdige Art an den Tag legt, mit einem erwachsenen Mann zu sprechen, dessen Onkel er ist.

Die Besichtigung ist abgeschlossen. Ich habe alles in dem blauen Notizbuch mitgeschrieben. Als der Anbau fertiggestellt war, taufte Großvater ihn *Fischerhaus*, schließlich war es weder ein Boots- oder Wohnhaus noch eine Hütte, sondern alles gleichzeitig, es war ein Fischerhaus, und fertig, eines, das praktisch und maßgeschneidert für die Herbstfischerei war, und nur dafür. Mit seinen unbehandelten, enorm von Wetter und Hitze gezeichneten Wänden sieht das Fischerhaus aus, als stünde es schon immer hier, als wäre es als Teil der Landschaft, des Geländes und der Vegetation direkt aus dem Boden gewachsen.

Ich stehe am Ufer. Ivar steht mit einem Fuß auf der kleinen Steinmole und mit dem anderen an Land. Der Nachmittagswind frischt auf. Die Wolken nehmen Fahrt auf. Die Espenfamilie an der Nordseite des Sees singt und raschelt, ein Heringsschwarm zieht vorbei. Um uns zwitschert es in den Büschen, und ich entdecke einen mächtigen, rotbauchigen vorwitzigen Vogel neben der Außentoilette. Kann das eine Eichelhäherweibchen sein? Sie ist jedenfalls nicht alleine unterwegs.

Dann holt Ivar einen neuen Schlüssel, diesmal für das Boot.

»Wenn du ankommst, musst du zuallererst das Boot dichtquellen lassen. Es lag ohnehin die meiste Zeit unter der sicheren Überdachung, also braucht es nicht lang unter Wasser zu sein.«

Ivar donnert ins Bootshaus, nun wieder leichtfüßig. Er verjagt einen Marder.

»Brauchst du eine Extraeinladung?«, brüllt er genervt.

Er entfernt den unteren Stöpsel, schüttet mit einem Eimer Wasser auf den Birkenstopfen, dann schieben wir das Boot raus. Es rutscht überraschend leicht von den beiden nassen geschnitzten Stäben. Sie sind nach außen hin zum See gebogen, wie ein Trichter. Ein von der Natur höchstpersönlich geformter Ausgang. Ich gehe mit den Seilen an Land entlang und navigiere das Boot damit an einen großen Stein und mache es an einem Fichtenstamm fest. Nach einigen Minuten liegt es schwer im Storsenn, mit Wasser gefüllt, eins mit der Oberfläche des Sees.

Ivars Rededrang gibt sich langsam. Wir legen im Fischerhaus alles bereit: hängen Bettdecken und Kissen aus der Kiste zum Lüften auf. Ivar will, dass ich den Ofen anheize, er geht aber sofort wieder aus. Ivar hingegen bekommt es natürlich in kürzester Zeit hin. Wir könnten Gas verwenden, um Wasser aufzukochen, Ivar will jedoch lieber auf die gute alte Art Feuer machen.

»So werden wir die Luftfeuchtigkeit im Raum los. Wenn es zu warm wird, brauchen wir nur zu lüften«, erklärt Ivar.

Dieser Kerl hat auf alles eine Antwort parat und zu allem eine Meinung.

Wir setzen uns auf den Schlossbalkon und essen Käsebrot. Ivar kocht Instantkaffee, der eigentlich nach nichts schmeckt und dennoch widerlich ist. Ich trinke ihn trotzdem. Entspanne mich. Komme an. Mir war nach der Wanderung ganz schön heiß geworden, auch während der Besichtigung und Begutachtung. Sechs Grad haben wir. Meine Augen ruhen auf der Wasseroberfläche. So ist es gut jetzt.

Wer ist eigentlich Ivar Helgesson Aal? Der Älteste. Mein Vater, Asle, war der Jüngste (1941–2001), Onkel Torleif (1938–2014) der Mittlere. Ivar bekam zwei Töchter. Torleif blieb kinderlos. Ich wiederum bin Einzelkind. Die drei Brüder betreiben alle möglichen Geschäfte. Als Erstes gründeten sie eine Schreinerei, die unversichert abbrannte. Sie bauten sie wieder auf, bevor auch diese komplett dem Feuer zum Opfer fiel, diesmal jedoch versichert. Dann versuchten sie es mit Schieferabbau. Außerdem waren sie Pioniere auf dem Gebiet der wachsfreien Ski, weil sie Elchleder auf die Sportgeräte frästen und klebten. Erst als sie zwei Fabriken unter einem Dach bauten, nahmen ihre Geschäfte Fahrt auf. Eine Linie stellte Holzspielzeug her, kleine Blockhäuschen, Hallingdals Antwort auf Lego, mit Wohnräumen, Dachboden, Abstellraum, Scheune und Küche. Die andere Linie produzierte einen dunkel gebeizten Geschäftsführerschreibtisch. Im Hallingdal brauchte jedoch fast niemand einen Geschäftsführerschreibtisch. Die Brüder stellten ihr Sortiment auf Hüttenzubehör um. Sie begannen mit Salz- und Pfefferstreuern aus gedrechselter Kiefer mit einem Mahlwerk aus Taiwan. Trotz großer Mundpropaganda verlief dieses Projekt im Sand. Die Holzspielzeuge hingegen hielten sich lange Zeit, bevor auch diese Idee im beharrlichen Kampf gegen die roten Zahlen verlor. Ich glaube mich erinnern zu können, schon damals gedacht zu haben, dass die Kunst das Einzige sei, was Bestand habe. Alle großen Visionen und die viele Arbeit meiner Onkel und meines Vaters waren vergeblich. Glücklicherweise hatte es nie den Anschein, als seien sie selbst dieser Ansicht. Bei Familientreffen steckten sie stundenlang die Köpfe zusammen und sprachen über ihre Geschäfte. Vater und die beiden Onkel mit Zigarillos im Wintergarten, da konnte die Zeit unglaublich schnell vergehen. Was wir vornehmlich hörten, war Ivars Stimme: Tief und heftig argumentierte er drauflos. Zugutehalten muss man ihnen wirklich, dass sie viel hinbekamen und trotzdem gut auf sich achteten, wie Ivar meinen Cousinen und mir berichtete: »Das Wichtigste ist, auf eigenen Beinen zu stehen, damit meine ich nicht Pracht und Prunk, sondern einfach, es selbst hinzukriegen.«

Nach dem Holzspielzeug ging Vater seinen eigenen Weg. Für ihn bedeutete das, seine Malerausbildung in die Tat umzusetzen, denn das hatte er ursprünglich gelernt. In diesen Jahren erinnere ich ihn hauptsächlich als verschlossen. Keine Angestellten, nicht mehr unter der Fuchtel des größeren Bruders stehen, nur er und sein Lieferwagen mit Leiter auf dem Dach und größtenteils Aufträge in unmittelbarer Nähe. Er war zufrieden. Hatte er eine Arbeit abgeschlossen, zeigte er sie Mutter und mir für gewöhnlich. Bei seinen kleinen Präsentationen wirkte er stolz, ob es nun das Fenster der Grundschule, eine neu gedämmte Westwand, eine großzügige Hüttenküche oder eine neue Veranda für ein altes Bauernhaus war. Alles sah echt aus, und er war zufrieden, solange er nicht Teer schmieren musste, das lehnte er ab, Ölfarbe musste es sein, im Notfall auch Ölbeize. Ich weiß noch, wie schnell er arbeitete, wie seine katzenweichen Bewegungen den Arm führten. An einem Vormittag konnte er an einem ganzen Haus die Rahmen abschaben und bemalen, auf der Sonnenseite sogar zwei Fensteranstriche schaffen. Kein Klebeband, kein Aufzug, nur eine elendslange Leiter, ein Besen, ein Eimer und seine ruhige Hand. Die Legende erzählt man sich bis heute: »Dein Vater konnte *wirklich* malen. Das kann niemand abstreiten«, wird mir immer noch von Nachbarn berichtet. Rund um seinen Fünfzigsten bekam er eine Stelle als Hausmeister in der Gemeinde, was ihn wahrscheinlich noch weiter von Ivar und Torleif wegtreiben ließ. In diesem Gemeindejob arbeitete er auch, als der Tumor kam. Ich hatte ihn so lieb. Dass er früh starb, werde ich nie überwinden.

Ivar und Torleif führten ihre Geschäfte zu zweit weiter. Ständig neue Projekte. Niemals aufgeben. Seinen großen Coup landete Ivar gegen Ende seines Lebens mit Immobilien. Unerklärlicherweise krallte er sich das runtergekommene »Nationale Ferienheim pensionierter Eisenbahner«. »Ivar schoss den goldenen Vogel und sicherte sich das Filetstück«, schrieb die Hallingdølen. Er parifizierte, renovierte und verkaufte die so entstandenen Wohnungen als Feriendomizile weiter. Den Rest des dreißig Hektar großen Grundstücks ließ er für neue Ferienwohnungen umwidmen. Torleif arbeitete all die Jahre unentgeltlich als Mann-für-alles mit Maschinenführerlizenz für Ivar, er war also der goldene Vogel und das Filetstück in einem.

Ich, der ich mehr bei meiner Mutter als bei meinem Vater aufgewachsen war, zweifelte zunehmend am vergeblichen Unternehmertum. Auf mich wirkte es, als ginge es hier um Tricksereien und Gehetze. Brannte es nicht ab, ging es Konkurs. Die Kunst war sicherer: Kontemplation und langsame Gedanken. Etwas Vollkommenes in einer unvollkommenen Welt zu erschaffen. Das war mein Weg. Das beste Beispiel dafür, dass die Kunst am längsten währt, liefert paradoxerweise Ivar selbst. Zusätzlich zu allem, was er zustande brachte, war er auch noch Musiker. Als Letzter in unserer Familie beherrschte er das hoch angesehene Sundre-Spiel. Bei Familienfeiern holte er die Helland-Geige aus dem obersten Fach im Wohnzimmerschrank hervor, wo sie sicher in ihrem Kasten aufbewahrt wurde, der innen wie außen mit Samt überzogen war. Sie war immer richtig gestimmt. Wenn Ivar spielte, spürte ich, dass etwas Großartiges passierte. Die Jungen wie die Alten saßen konzentriert und konnten nicht genug bekommen. Als Jugendlicher war er sogar Juror bei Landesmeisterschaften gewesen und hatte durch seine Musik das ganze Land bereist.

Mein Vater spielte nicht, tanzte aber, und generell war er laut meiner Erinnerung interessiert und vielseitig begabt. Mit ihm unterhielt man sich über Mähen und Säen, wackelnde

Dächer, Mut und Rückschläge, »das gewisse Etwas«, Viertel- und Terzspiel, Einzelsaitenspiel und Griffe. Nuancen, die ich erst verstand, als ich älter wurde. »Kunstfertigkeit in der Musik ist eine Sache der Reife«, erklärte Vater feierlich, auch wenn er nie selbst ein Instrument spielte. Früh jedoch bekam ich die Ernsthaftigkeit mit, mit der Ivar spielte. Er saß aristokratisch aufrecht, hielt einen Kurzbogen und legte seine Geige an die Brust. Das Spiel floss nahtlos aus ihm heraus. Mich beeindruckten die tiefen Bässe, die durch den Raum vibrierten. In unserem Hausflur hing gerahmt ein Artikel aus der Hallingdølen. Ein Porträt über Ivar, als er 75 wurde. Der Journalist schrieb lebendig: »So spielt Ivar Helgesson Aal, ›Der Launische‹, so schön, dass ich mich nur wundern kann. Seine Finger wissen wohl noch, wo die Noten liegen. Im Spiel wird der alte Aal wieder zum Kind. Die Töne, die ihn in seiner Jugend weicher und fröhlicher machten, ringen der Sehnsucht immer noch Stärke ab. Es ist wohl wahr, dass die Erinnerung an ein gelebtes Leben die Fähigkeit besitzt, bis ins hohe Alter bewahrt werden zu wollen.«

Meine Kindheit drehte sich also um Geschäft und Geigenspiel, Geigenspiel und Geschäft. Dort fanden sich meine männlichen familiären Rollenvorbilder. Die Frauen unserer Familie, damit meine ich Mutter und Tante Gro, standen auf einem Hocker und balancierten einen Hut auf einem Stock über Ivar und Vater, die ausgelassen tanzten. Beim traditionellen

Springaren schwangen auch die beiden Damen das Tanzbein. Das Lässigste war es jedoch, wenn zwei Frauen gleichzeitig, also »zwei Angebetete«, mit einem Mann tanzten. Auch bei komplexeren Figuren zogen sie an einem Strang. Der Partner tanzte mit beiden abwechselnd neue Schritte, um sie dann wieder in einer gemeinsamen Umarmung zu vereinen.

An Wochentagen wurde wenig getanzt, Mutter kümmerte sich um mich und das Haus, und Vater war unterwegs, denn gab es keinen Geschäftsführerschreibtisch oder Holzspielzeug zu verkaufen, warteten Steine, Skifelle oder Pfefferstreuer.

Mutter war 1964 aus Sogn gekommen. Sie mietete ein Zimmer bei der Familie Aal, mitten im Dorf, wo sich heute das Zentrum befindet. Der Feldweg und die Wirtschaftsgebäude wurden schon vor langer Zeit verkauft und abgerissen. Nun steht dort nur mehr das alte, zweistöckige Holzhaus, in dem Großvater und Großmutter, Vater und seine Brüder aufwuchsen. Ivars jüngere Tochter Gudrid wohnt heute darin. Mutter hatte eine ziemliche Reise hinter sich: von einem Bauernhof im tiefsten Sognefjord über Wetter- und Wasserscheide nach Ål, das verglichen mit ihrer Heimat die reinste Metropole gewesen sein muss. Es dauerte keine paar Monate, bis sie und Vater heiraten. Von da an war meine Mutter ein Teil der Unternehmen von Ivar, Torleif und Vater. Sie machte ihnen viele Jahre lang die Buchhaltung. Sie saß jeden Montag und Dienstag im kleinen Büro bei uns zu Hause und rauchte hauchdünne Selbstgedrehte, sortierte Rechnungen und trug handschriftlich Zahlen in dicke Bilanzbücher ein. Hätten sich die Betriebe so vielversprechend wie die Buchhaltung entwickelt, wären die Jungs reich geworden. Als ich konfirmiert wurde und Vater aus den Brüdergeschäften ausstieg, suchte sie sich Arbeit. Sie putzte im Gymnasium, abends und nachmittags, verdiente ihr eigenes Geld, um sich im Bereich der Buchhaltung weiterzubilden. Mir war bewusst, was sie alles gewesen war, als sie starb – all das andere, sie schenkte unserem Leben Ruhe, Geborgenheit, Kontinuität, Besonnenheit und wohl auch die Fähigkeit, sich auf jemanden verlassen zu können.

Als Mutter Witwe wurde, tauchte eine unerwartet ehrgeizige Seite in ihr auf. Sie ermutigte mich, tatkräftig und furchtlos zu sein, dass ich mich trauen sollte, genoss es, wenn ich mich hervorwagte: »Dass du dich auslebst, ist gut.« – »Man muss nur Anschluss finden.« Solche Sachen hatte sie zuvor nie gesagt, ganz im Gegenteil. Woher kam diese Veränderung? Reichte es nicht mehr, in sich selbst zu ruhen? Sein Leben zu leben? In einer Partnerschaft müssen die beiden Menschen sich ergänzen. Jeder nimmt seine Rolle ein. Immer hieß es: die weiche und selbstbewusste Mutter, der harte und anspruchsvolle Vater. Erst als sie allein war, war sie beides und ganz sie selbst. Das war ganz schön brutal für mich, den sensiblen, hinterwäldlerischen Sohn, musst du wissen.

Die kalte Herbstnacht bricht herein. Wir sitzen auf unserer Bank auf dem Schlossbalkon. Leise Geräusche und eine schwache Strahlungswärme vom Holzofen im Raum hinter uns sind zu vernehmen. 250 000 norwegische Kronen sind nicht viel. Ich könnte problemlos ablehnen, aber ich fühle mich reich und möchte dankend zusagen. Hatte ich das insgeheim erwartet? Stellte ich mir das hier vor, als Ivar mich anrief und mich dabeihaben wollte? Wollte ich das in meinem tiefsten Inneren? Vielleicht. Weiß nicht. So oder so sollte es möglich sein, Storsenn zu bewirtschaften, solang ich wohne, wo ich wohne. Mit einer großartigen Konkurrenzidee für meine Zukunft kann ich ebenfalls nicht aufwarten. Abgesehen von der Musik, die immer da ist, ob ich will oder nicht. In meinen bedeutendsten Momenten habe ich mich immer für sie entschieden. In letzter Zeit habe ich das Gefühl, dass nicht ich die Musik, sondern die Musik mich ausgewählt hat. Mein Job als Förderlehrer in der zweiten Klasse Grundschule ist toll, ich mag die Arbeit, auch wenn einer meiner Kollegen mich mal Kopierassistent und, noch schlimmer, Heizungslehrer genannt hat. Ich weiß, worauf er anspielt. Wenn ich neben der Fensterfront stehe und warte, frage ich mich zwischendurch selbst, was ich da treibe oder eben nicht. Würde jemand bemerken, wenn ich einfach abhauen würde?

»Fangen wir ganz vorne an, Jon.«

Ivar holt tief Luft. Versucht seine Beine auszustrecken, was nur so mittelmäßig funktioniert. Zu steif im Rücken. Zu steife Hüften. Zu steife Knie. Er trägt immer noch die Wollfäustlinge, groß, grau und verdreckt. Auch er scheint nun angekommen zu sein. Seine Schultern kippen nach vorn, während er seinen Kopf an der Wand hinter sich anlehnt. Gähnt. Er zieht sich den rechten Fäustling aus und reibt sich mit Daumen und Zeigefinger heftig beide Augen.

»Das hier ist keine Ferienhütte. Storsenn dient der Ernte und der Lebensmittelfischerei zu einer bestimmten Jahreszeit. So hat dieser Ort genutzt zu werden. Du sollst dich einfach nur darum kümmern. Ein Teil von etwas sein, das größer als du ist. Du bist nicht das Wichtigste in deinem Leben. Bekommst du selbst keine Kinder, gib Storsenn innerhalb der Familie weiter, ob nahe oder entfernt verwandt, ist egal, Hauptsache Familie. Schlimmstenfalls musst du um ein paar Ecken die undenkbare Alternative wählen, wie ich es musste. Es tut mir furchtbar leid, aber du musst wissen, dass wir immer schon hier gewesen sind, auf diesem Grund und Boden, an diesem See.«

Ivar versucht noch einmal, seine Beine auszustrecken, was immer noch eher schlecht als recht funktioniert, er befeuchtet seine Lippen mit seiner Zunge. Es wird dunkler. Der Frost kriecht in mir hoch, ich will in die Wärme, aber Ivar spricht weiter. Schwingt seine rechte Hand und den Fäustling in der Luft, will die Zeit anhalten, vollkommene Stille und volle Aufmerksamkeit. Er atmet ein und murmelt:

»Ich vermisse Torleif. Seit er weg ist, bereitet mir nichts mehr Freude.«

Dann weint Ivar. Ich weiß nicht, ob ich jemals einen alten Mann weinen gesehen habe, obwohl ich immer der Meinung war, alte Männer sollten so viel weinen, wie sie wollen und müssen.

Ivar kriegt es nicht mehr hin, zu sprechen, die Tränen fließen, seine Oberlippe zuckt. Es tut weh, ihm zuzusehen. Er versucht trotzdem, ein paar Worte rauszupressen, aber kneift dann doch die Lippen zusammen, gibt auf und lässt es fließen. Sollte ich ihn umarmen? Er wirkt verzweifelt, seine Augen schweifen über den See. Da schüttelt er langsam den Kopf, atmet tief durch und sagt:

»Das Herbstfischen wird nie mehr das sein, was es einmal war. Du wirst Torleif nicht ersetzen können, so viel ist sicher. Du sprichst nicht und kannst nichts.«

Ivar schnäuzt sich in seinen rechten Strickfäustling. Ich sehe Ivar und Torleif bildlich vor mir. Nicht nur bei Konfirmationsfeiern, Weihnachtsfeiern oder am Nationalfeiertag, sondern auch im Alltag. Im Dorf herumwuseln. Immer ein Team. Auf dem Weg wohin. Auf dem Weg woher. Aufträge, Reparaturen, Fischen. Ivar fuhr, Ivar ging voran, Ivar sprach, Ivar grüßte. Torleif ergriff wohl kaum die Initiative, wenn Ivar ihn nicht in Bewegung setzte. Torleif stand hinter oder still neben ihm. Sie waren Brüder und wichen nie voneinander. Glichen einander Fehler aus. Versuchten nie, den anderen zu übervorteilen oder auszuliefern. Bauten einander auf. Glücklich diejenigen, die Geschwister haben.

»Torleif war mein einziger Freund. In meiner Jugend war Lars Åsebrot das, was man vielleicht einen Freund nennen würde. Ich plädierte dafür, dass er den Wanderwegbesitzausschuss leiten müsse. Schlug ihn als Kandidaten vor, weil Lars sagte, ich solle es so machen. Als die drei Jahre vorüber waren und seine Wahlperiode auslief, war vereinbart, dass Lars mich vorschlagen würde. Das geschah niemals. Stattdessen ernannte er Nils Venehalli. Warum? Weil Lars besser daran verdiente, dass Nils ernannt wurde. Nils war zuvor Leiter des Kiesausschusses gewesen, also tauschten sie einfach Führungspositionen. Immer und immer wieder. Das lehrte mich, dass nichts in der Welt gerecht ist und alles sich nur darum dreht, auf sich selbst und das Eigene zu achten. Um anderes braucht man sich nicht zu kümmern. Seitdem ging ich ohne Freunde durchs Leben und genoss es. Auf Lars Åsebrot ließ ich mich ein, und das hatte ich nun davon. Natürlich lernte ich die eine oder andere ansprechende Seele kennen, eine Freundschaft ließ ich jedoch nie mehr zu. Es gab immer nur Torleif. Also, Jon, wenn du im Geschäftsleben oder im Kunstbereich aufsteigen willst, musst du dafür sorgen, dich frei bewegen und nach deinem Gutdünken handeln zu können. Sonst kannst du nie wirklich Geschäfte machen oder Juror bei den Landesmeisterschaften werden. Darüber solltest du mal ein Lied schreiben«, schließt Ivar und lehnt sich wieder hinten an.

Was für eine Rede, was für eine Hausaufgabe.

Es ist eigenartig, Ivar zuzuhören, wie er sein Leben in Einsamkeit vor mir ausbreitet. Er stieg hoch und fiel tief, konnte kaum Lebensmittel einkaufen, ohne in ein Gespräch verwickelt zu werden, war Stammgast im Café im Einkaufszentrum. Quatschte mit allen. Als Landesmeisterschaftsjuror muss er alle Ecken Norwegens mehrmals gesehen haben. Man sollte meinen, dabei könne sich die eine oder andere Bekanntschaft zu mehr entwickeln. Versuchte Ivar mir mitzuteilen, dass ich eigentlich nicht auf andere angewiesen war, sondern nur auf mich selbst? Hörte sich nicht gerade gesund an. Oder war das hier ein Spiel? Spielte er mir eine Rolle vor, den Greis, der auf seine alten Tage noch Mitgefühl erheischen will? Wer würde das schon nicht wollen. Ich meinerseits pflege enge Freundschaften, sowohl in der Arbeit als auch in der Musikbranche. Habe mehrere, an die ich mich wenden kann, nur eben nicht den einen Besten. Ivar vertraute also wirklich nur seinem Bruder Torleif, all die Jahre. Nicht einmal mein Vater war ihm ein wahrer Freund gewesen, obwohl er mit ihm durch dick und dünn gegangen war? Mich begleitet Vater immer. Was würde er jetzt tun? Was würde er sagen? Was würde er darüber denken? Soll ich Storsenn übernehmen?

Am Schlossbalkon gewinnt die Dunkelheit langsam die Überhand. Bald sehen wir nichts mehr. Denk daran, nach oben zu schauen. Auf der Bank sitzt es sich nicht mehr besonders angenehm. Das war ein ganz schön langer Tag voller neuer Informationen. Auch Ivar windet sich. Leider ist er jedoch nicht zu bremsen, lehnt sich vor und wieder zurück. Richtet sich auf. Konzentriert seinen Atem. Bringt sich in Position. Da muss noch mehr raus und an die nicht denkbare Verwandschaftsalternative weitergegeben werden.

»Das einzig Gute daran, dass Torleif nicht mehr da ist, ist, dass ich im Fischerhaus jetzt in der unteren Koje schlafen und an Sonntagen fischen kann. Da lag nämlich Torleifs Grenze. Biss der Fisch nicht an, war es bestimmt, weil wir in den 70ern an einem Feiertag fischen wollten.«

»Niemand kann zwei Herren gleichzeitig dienen, sowohl Gott als auch Mammon. Dafür setzt es Strafe. Genau das ist passiert. Wir werden nie wieder mit Fisch gesegnet werden«, äffte Ivar Torleif nach. Witzig und präzise karikiert, musste ich im Stillen zugeben.

»Jetzt kann ich sonntags fischen, somit werden wir einen Tag früher fertig. Gut so. Außerdem hoffe ich, dass du mit den Jahren schneller wirst, als Torleif es war«, sagt Ivar eindringlich und schaut mich an. Das sollte ich hinkriegen. Torleif war riesig und trank jeden Tag Johannisbeersaft. Ich habe ihn als lieb in Erinnerung. Ich sehe Ivar und Torleif vor mir, wie sie im Boot sitzen. Der schweigsame Torleif als Hilfsarbeiter, durch die Jahre gut konditioniert. Der Kapitän Ivar Eifer sagt an, wohin es geht, und breitet sich in voller Entfaltung auf der Ruderbank aus. So stellt er sich wohl vor, dass auch dieser Ausflug sein wird.

»Wieso wollte Torleif weder Geige spielen noch tanzen?«, frage ich.

»Torleif war der am wenigsten künstlerisch interessierte

Mensch auf der ganzen Welt. Für ihn war die Kirche der Ort alles Geistigen. Wäre es nach ihm gegangen, hätte es kein Theater, keine Bücher und keine Musik gebraucht. Er glaubte, was die Menschen wirklich brauchten, war, den Ernst des Lebens in der Kirche zu spüren.«

Was Ivar da erzählt, passt ganz gut ins Bild. Mir kommt die alte Familiengeschichte in den Sinn, die Mutter gerne zu Hause beim Essen erzählte, in der der junge Torleif allen Ernstes in der Kirchenkanzlei vor Ort anklopfte, um sich ein bestimmtes Grab am Kirchfriedhof zu sichern. Er hatte es unter einer der großen Ulmen gefunden, mit Nachmittagssonne und den Hallingdalern zugewandt. Als Torleif mit dem Kirchdiener so dastand, fragte er sich nur eine einzige Frage, und zwar, ob es in diesem Hügel gemütlich sei. Am Weg zurück zur Kirchenkanzlei kamen sie an einem neueren Grab vorbei. Wo der Sarg vergraben worden war, war die Erde abgesunken. »Was ist hier passiert?«, fragte Torleif. »Wenn die Seele aus dem Körper auszieht, fällt der Hügel in sich zusammen«, antwortete der Kirchdiener. Von diesem Moment an war Torleif in jeder Messe zu sehen.

»Du, Jon. Glaubst du an Gott?«, unterbricht Ivar meine Gedanken.

Ich muss mich erst sammeln.

»Ich bin Atheist.«

»Das geht nicht.«

»Ja, also … Für mich geht das eigentlich schon.«

»Niemand ist wirklich Atheist. Jeder glaubt doch an irgendetwas.«

»Wenn das so ist ...«, wage ich zu antworten.

Das zu besprechen, bringt doch wirklich nichts. Man muss sich seine Kampfgebiete gut aussuchen. Gäbe es Gott, bräuchten wir keine Pfarrer, Priester oder Kirche. Gäbe es Gott und ein Leben nach dem Tod, wieso müssen wir dann überhaupt sterben?

»Du brauchst also keinen Gott?«, fragte Ivar nach einer Weile. Anscheinend waren wir mit dem Thema doch noch nicht durch.

»Dann verstehe ich, dass du singst, schreibst und dich nach jemandem sehnst, mit dem du dein Leben teilen kannst. Was bleibt dir, wenn nicht die Sehnsucht, Jon? Gar nichts. Wäre Gott an deiner Seite, könntest du gut und gerne allein leben, weil du nämlich genau das nie wärst – allein. Da du aber nicht an ihn glaubst, bist du allein und träumst von einem Menschen, mit dem du dein Leben teilen kannst.«

»Na dann«, antworte ich kurz.

Dummes Geschwätz und leeres Gerede um des Redens wegen. Schließlich hat er über das Sonntagsfischen und Torleif mit einem Lächeln auf den Lippen erzählt. Jetzt kommt er mir plötzlich damit, wie einsam ich sei und wie sehr ich Gott eigentlich brauche.

»Onkel, entweder wir gehen rein ins Warme, oder ich muss mir was anziehen und ein Sitzkissen holen. Mir ist kalt, und mir tut der Rücken auf dieser Bank langsam wirklich weh.«

Ich stehe auf und gehe rein in die warme Stube zum grünen Tisch. Ivar folgt mir und schließt die Tür zum Schlossbalkon hinter uns. Im Wohnraum glüht der Nr. 14 sicher vor sich hin, trotzdem riecht die Luft erdig. Ivar zufolge bleibt das einen Tag so, dann herrscht gutes Raumklima. Er sucht ein letztes Mal die Außentoilette auf. Ich entspanne mich lieber und halte es bis morgen früh zurück.

Als er rausgeht, denke ich über Ivar nach. Scheint, als wolle er mir die ganze Zeit zu nahetreten. Vielleicht geht es bei diesem Ausflug nicht um mich, sondern eigentlich hauptsächlich um Ivar? Will er deshalb, dass ich alles aufschreibe? Alles, was er erzählt. Fakten, Geschichten und Lebensweisheiten. Er möchte, dass ich das von ihm erworbene und aufbereitete Wissen weiterführe, will mich in die Führung von Storsenn einweisen. Was ich nicht verstehe, ist sein giftiger Ton.

Ich höre Schritte, bevor Ivar die Tür schließt und sich neben mich stellt.

»Wieso willst du nicht, dass eine deiner Töchter Storsenn übernimmt?«, frage ich in den Kerzenschein.

»Schwiegerangeln, Jon. Schwiegerangeln. Es ist wie mit Elritzen und Reinanken in einem Lachsforellensee. Geht der See an eine Tochter, verkommt dieser Ort zu einem Wochenendhaus für meine Schwiegersöhne und ihre Kumpels. Und was hieße das? Storsenn und das Fischerhaus wären nicht mehr als eine idyllische Kneipe für Ausflüge und Männerrunden.«

Er setzt sich.

»Wenn jemand gerne anpackt, ist Gefahr im Verzug. Schau mal, Jon, du hast keine Ambitionen, und darum bist du auch keine Gefahr. Du tätest dem See und seiner Umgebung gut, weil du nicht gern die Initiative ergreifst. Nichts würde sich ändern, dieser Ort könnte bleiben, wie er ist. Das Fischerhaus und Storsenn sollen sich nicht verändern. Manche Dinge im Leben müssen in Ruhe gelassen werden«, erklärt Ivar.

Ich koche innerlich. »Keine Ambitionen.« »Weil du nicht gerne die Initiative ergreifst.« Es sind nicht gerade Kleinigkeiten, mit denen er um sich wirft. Jetzt beobachtet er mich. Erwartet er darauf eine Reaktion? Will er mich zum Weinen bringen? Wütend machen? Soll ich ihm eine reinhauen? So bin ich nicht.

Ivar macht weiter, steigert sich immer mehr rein auf ein neues Niveau.

»Die Leute wollen expandieren, alles größer und breiter machen, höher und länger, schneller und abermals besser. Wohin soll das führen? Selten vorwärts, fast immer rückwärts, vor allem langfristig. Kaum zu glauben, aber du, Jon, bist Teil dieser modernen Menschheit, doch gleichzeitig ignorant dem Zeitgeist gegenüber, unbeholfen bei praktischer Arbeit, mit fehlendem Weitblick Wachstum gegenüber. So ist es richtig, Jon. Du bist der Richtige. Wer hätte das gedacht?«

Ich brenne vor Wut. Ivar spült seine Tasse mit warmem Wasser aus dem irgendwie nach Kirche aussehenden Kessel auf dem Holzofen aus, leert es in die Abwasserspüle, füllt frisches nach und fügt einen Brühwürfel hinzu. Fragt nicht, ob ich auch etwas will, besser so, denn im Augenblick würde ich dem Greis gerne den Kelch über den Schädel ziehen. Ich tue mich schwer, seinen Ton zu interpretieren, weiß nicht, ob er es wirklich ernst meint. Wir haben wenig Zeit miteinander verbracht, aber so viel verstehe ich, nämlich dass das hier sein letzter Ausflug zum Storsenn sein wird, ja, und dass ich nun in der Rolle des Traditions- und Wissensträgers stecke, und ich verstehe, dass einiges von dem, was er sagt, seiner rauen Persönlichkeit zugeordnet werden kann, vielleicht sogar dem Stil einer ganzen Generation, aber wieso muss er so durch die Bank beleidigend daherkommen? Das habe ich ja toll hingekriegt, zum Angelausflug eingeladen werden, mir anhören müssen, wie wenig ich tauge, noch *bevor* wir überhaupt am See waren. Hatte das alles begonnen, als Vater starb? Ich weiß noch, dass Ivar mich nach der Beerdigung zur Seite nahm und sagte: »Asle hat ein gutes Fundament gelegt. Alles andere ist an dir.« Vielleicht meint Ivar inzwischen, im Nachhinein betrachtet, dass ich die Chancen, die mir das Leben bot, nicht genutzt habe? Ist er deswegen so sauer und enttäuscht?

Um runterzukommen, drehe ich eine Runde im Wohnraum, räuspere mich einige Male laut, was ich sonst nie tue, nur wenn ich Wut oder Angst spüre. Ich gehe im Stockdunkeln auf die Toilette. Alles ist besser, als mit Ivar in diesem klaustrophobischen Raum zu sein.

Als ich zum grünen Tisch zurückkehre, hat Ivar seine Lesebrille aufgesetzt. Er wirkt konzentriert. Schaut nicht auf. Die Tränen zuvor, der Ausbruch, das Geschrei, die Schimpferei und Beleidigungen haben ihm gutgetan, wie ein hungriger Mann, der satt geworden ist, zur Ruhe kommt, wieder eins mit sich ist, ohne mich. Er sitzt lange am Tisch, manchmal blickt er ins Zimmer oder auf die Kerze. War ich so initiativlos, wie Ivar behauptet? Mein Magen murrt, spürbar. Das kommt nicht oft vor, nur selten, wenn ich mich an einem Ort befinde, an den ich nicht gehöre. Mein Körper will mir sagen, dass ich abhauen soll, und dann verziehe ich mich, und gut ist's.

Im Regal über der Tür steht ein unbenutztes Reiseradio. Mein Smartphone hat nur noch vier Prozent Akku. Wenn es heute Nacht den Geist aufgibt, habe ich keinen Kontakt mehr zur Außenwelt, bevor wir in sechs Tagen wieder ins Auto steigen. Da muss ich jetzt durch. Obwohl der Ausflug an den Storsenn mir immer mehr vorkommt wie zwölf Runden im Ring, wie Nierenschläge, Tritte unter die Gürtellinie, Schläge auf Nacken und Hinterkopf. Am Ende fühle ich mich ziellos und wie erschlagen. Vielleicht, weil das, was Ivar sagt, einen wahren Kern hat?

Eine weitere Stunde vergeht. Wir finden einen Weg, gemeinsam in diesem winzigen Zimmer zu existieren. Gegen neun Uhr will Ivar Tomatensuppe und Eier kochen, ohne Makkaroni. Er setzt die alte Stirnlampe mit ihrem miserablen Licht auf, lässt den Wasserkocher auf den Boden fallen, tastet im Halbdunkel, während er kocht. Erstmals bei diesem Ausflug macht er den Gasherd im Nebengebäude an. Ich höre ihn mit den Streichhölzern zischen, dann wird es still, und kurz darauf kochen Suppe und Eier im selben Wasser. Ich mache mir immer noch Notizen im blauen Buch. Ich bin froh, dass ich es habe, um mich mit all dem, was hier passiert, auseinandersetzen und mich damit beschäftigen zu können. Stichworte und Sätze. Die eine oder andere Zeichnung. Sehe gerade genug in diesem schwachen Licht. Denke an Mutter, die zu sagen pflegte, dass Schatten Sonnenlicht hervorhebt, dass Schwarz die Mutter des Lichts ist, dass dort, wo nur Sonne ist, Wüste wird.

»Für dich. Tomatensuppe. Vielleicht hebt das deine Stimmung«, sagt Ivar plötzlich, als er mit einer Suppenschüssel und Eiern in seinen Händen die Tür aus dem Anbau in den Raum schwingt. Ich antworte nicht. Nehme nur entgegen.

»Das finde ich eigentümlich an dir, Jon. Frauen sind doch die Zukunft«, verlautbart er und setzt sich, um zu essen.

»Du musst dich um sie kümmern. Sie sagen einem schon, wenn es ihnen reicht. Manche nehmen vieles sehr ernst. Zwischendurch beschweren sie sich. Dann musst du sie einfach ausreden lassen. Nichts vorschlagen. Sie sind schon zufrieden, wenn man sie nur reden lässt. Damit du es weißt, Jon: Willst du viele Jahre lang Erfolg in der Liebe haben, musst du für alles die Verantwortung übernehmen. Du bist nicht das Wichtigste. Geld, Wohnung, Haushalt, Stimmung und der Ton in der Partnerschaft lasten auf deinen Schultern. Übernimmst du dafür Verantwortung, wirst du mit Wärme und einem schönen, langen Leben belohnt. Hast du alles richtig gemacht und bekommst trotzdem nichts zurück, such dir eine neue Frau. Nicht das schlechteste System.«

Der Ofen dröhnt gleichmäßig und entspannt. Die Sprossenstühle quietschen bei der kleinsten Bewegung. Die ganze Kiste knallt vor sich hin, das Blockhaus reagiert auf die Wärme. Neben dem großen Wasserkessel auf dem Bjørn-Ofen steht ein kleiner Kessel mit feinem Kies, er stand schon dort, als wir ankamen. Nach dem Essen nimmt Ivar ihn mit an den grünen Tisch. Er lässt heißen Sand zwischen seinen Fingern und Händen rieseln und steckt daraufhin seine ganzen Hände in den Topf. Hebt sanft eine Faust. Gesundheitsfördernde Sandkörner fließen in kleinen Wasserfällen zurück in den Kessel. Ivar ist eine Sanduhr. Und ich, ich habe genug vom Tag. Will schlafen gehen. Es ist zehn Uhr. Mehr kann ich nicht aufnehmen, weder mit dem Stift im blauen Notizbuch noch mit meinem Gehirn. Ich höre das Licht und sehe den Ton. Male einen massiven, enormen Schnörkel und klappe das Buch zu.

»Gut«, sage ich.

»Was ist gut?«, fragt Ivar.

»Jetzt steht alles hier drin, über Storsenn, die Fische und die Liebe, ich habe alles aufgeschrieben«, berichte ich, bemüht ruhig. Der Kopierassistent in mir trommelt mit seinem Zeigefinger auf den Buchumschlag. Es scheint, dass Ivar sich damit zufriedengibt, zumindest ist er es mit sich selbst. Er gähnt und reibt sich die Augen.

»Das ist doch was. Ich gehe zu Bett«, sagt er im Aufstehen und hängt seine Kleidung über die Stuhllehne. Steht in langer, weißer Ganzkörperunterwäsche vor mir und lässt das Zähneputzen heute aus.

»Manch schlechter Mensch bleibt bis in die Puppen auf. Wenig Schlaf ist dasselbe wie ein kurzes Leben, Jon, und je kürzer das Leben, desto trauriger ist es. Gute Nacht.«

Ich gehe noch raus und putze mir am Ufer bei Dunkelheit und Mondschein die Zähne. Wieder drinnen angekommen, lege auch ich meine Kleidung am Stuhl ab, krieche in die obere Schlafkoje und breite die bleischwere Decke über mir aus. Ich bin es nicht gewohnt, mit einem anderen Menschen und nur so wenig Abstand ruhig in einem winzigen Zimmer zu liegen. Ich lausche. Ivar. Er liegt totenstill. Ich schaue runter. Da liegt er. Im schwachen Mondlicht, das durch das kleine Fenster dringt. Auf dem Rücken, mit offenem Mund. Die Decke unter dem Kinn. Seine Hände ruhen auf seiner Brust, wie immer in Strickfäustlinge eingepackt. Er schnarcht nicht mal. Sanfter Wind peitscht das Wasser in Richtung der Birkenfelsen neben uns. Er hört nie auf. Nach kurzer Zeit höre ich es gar nicht mehr. Der Klang hat mich in ein größeres Ganzes geführt.

Die Nacht ist das Schönste im Leben. Kinder sind wir, hilflos und gleich. Kann man leicht vergessen, wenn man mit Ivar auf Angelausflug ist. Das ist das Letzte, was ich denke, bevor ich mein Leben verlängere, mich wieder aufbaue, der Dunkelheit huldige, dem Traum.

| DIENSTAG |

Bachforelle und Hinterwäldler

Es muss zwischen halb sechs und sechs morgens sein, als ich Ivar rumoren höre. Ich liege im Bett und bin beruhigt, dass Ivar sich um das Heizen und um Essen auf dem Tisch kümmert. Schließlich ist er hier der Gastgeber. Ich schaue vom Kissen runter und sehe ihn, wie er blitzschnell seinen Kamm aus der Gesäßtasche zieht. Er zieht fein säuberlich seinen Seitenscheitel, kämmt auf beiden Seiten ein einziges Mal genau bis zu den Ohren. Der Fischer aus der Hölle. Die Nacht hat mir gutgetan, so konnte ich ein bisschen Abstand zu allem gewinnen.

Erst als ich sehe, dass der Frühstückstisch gedeckt und bereit ist, setze ich mich auf, schwinge meine Beine aus dem Bett und hüpfe auf den Boden.

»Schau, wer da kommt. Von oben zu uns herab. Nicht schlecht«, begrüßt Ivar mich.

Entwaffnend fröhlich oder bissig bitter? Was weiß ich.

»Na, das hat dich wohl beeindruckt«, antworte ich leise und lasse den Tag beginnen. Morgentoilette im Storsenn, da wird man schlagartig wach. Bleibe einige Sekunden stehen und sauge die tiefgraue, kalte Waldatmosphäre in mich auf. Später kann es durchaus noch sonnig werden. Im Westen soll es sogar wolkenlosen Himmel geben.

Drinnen, bei Tisch, frage ich:

»Was ist der Plan?«

»Tja, wie du sehen kannst, bin ich wach und weine nicht. Zuallererst essen wir. Dann befreien wir das Boot aus dem Wasser und rudern los, um die Laichbedingungen zu prüfen. Im Laufe des Nachmittags legen wir die Netze aus. So viel zum Plan«, erklärt Ivar und füllt seine Kaffeetasse, überspringt aber meine Tasse, obwohl sie leer ist. Ich schenke mir selbst nach.

Seine gute Laune verunsichert mich. Er ist nicht wie gestern. Oder doch, nur mit einer neuen, ironischen Dimension in seinen Beleidigungen? Trägt er auch das in sich? Bestimmt wird er im Laufe des Tages nachsäuern.

Wir frühstücken drinnen und genießen den letzten Schluck Kaffee auf dem Schlossbalkon. Ivar bleibt weiterhin sehr sanft. Ich selbst bin mehr und mehr auf der Hut.

»Ich stehe gern auf. Ich lege mich gern schlafen. So einfach bin ich gestrickt«, sagt Ivar und plappert gleich weiter. »Wie ein Fisch zu denken, bedeutet, dass du zwei Optionen hast, Jon: Nach Rogen und Brut, Einjährigem und Zweijährigem kannst du ein Hinterwäldlerfisch im Laichbach sein oder in die große weite Welt hineinschwimmen, in den See, den Storsenn. Im Bach bist du sicher, im See ist es gefährlich, du könntest gefressen werden. Behauptest du dich draußen in der Welt, kommst du als der große Held nach Hause und kannst viele Nachkommen erwarten.«

»Was passiert mit denen, die ihr ganzes Leben lang im Bach bleiben?«, frage ich.

»Die Bachforellen werden nicht besonders groß. Sobald sie den Aufruhr wahrnehmen und alle anderen darum kämpfen, als Erste in der Laichgrube anzukommen, verstecken die kleinen Hinterwäldler sich unter einem Stein. Sie machen sich aus dem Staub und laichen dann vor den Augen der großen Helden ab. So ist es, eine Bachforelle zu sein, Jon.«

Wie öde. Sich anschleichen, während die Alphatiere sich prügeln. Sich unter einem Busch, im Schilf, hinter einem Felsen verstecken. Mit dem Flussbett eins werden, sich gegen den Schlamm pressen.

Wir beenden den Kaffeeklatsch. Wir haben zu tun.

Das Boot vorbereiten geht klar. Ich bekomme den Holzstopfen rein, stehe in der Unterhose im kalten Wasser und schöpfe mit einem Eimer Wasser aus dem Boot. Kriege Rückenschmerzen, wage jedoch weder zu jammern noch mich zu beschweren oder eine Pause einzulegen. Den Gefallen tue ich Ivar nicht. Ich bleibe in der Mitte des Bootes, um nicht umzukippen. Langsam schwimmt das Boot wieder, dicht wie ein Korken.

Ich setze mich an die Ruder und steuere rückwärts die Mole an. Ivar geht mit dem Fernglas nach draußen und setzt sich mit einer dicken Styroporplatte auf die hintere Ruderbank. Er zeigt direkt nach Süden. Ich drücke uns mit einem Ruder sanft von einem Felsen ab. Windstill und klarstes Wetter, die Sonne hat uns jedoch noch nicht erreicht. Wir gleiten ins Innere des Sees. Wieder höre ich den Eichelhäher, das müssen gleich mehrere sein, die sich hier aufhalten, wahrscheinlich zwei Pärchen. Ich rudere vorsichtig, finde keine angenehme Position für meine Füße, ohne dass die Ruder an ihnen anstoßen. Ich probiere verschiedene Stellungen aus. Ich sitze aufrecht. Die Ruder sitzen einfach zu tief für meine Statur. Schlage mir ein Knie an. Das rechte Ruder schlurft über die Wasseroberfläche, sodass Ivar einen unfreiwilligen Spritzer abbekommt. Ich verstehe nicht, warum das hier so zäh ist, schließlich bin ich doch schon mal gerudert.

»Wir müssen das Boot umbauen. Die Ruder sitzen zu weit unten für mich«, höre ich mich sagen.

»Ja, nicht wahr«, antwortet Ivar schnell. »Das Øyno-Boot, das wir früher hier hatten, leistete uns ab 1936 fast fünfzig Jahre lang gute Dienste. Dann stellte Strandfjordane leider seine Holzbootproduktion ein, also kaufte ich dieses hier bei der Solberg Båtbyggeri in Jevnaker. Dein Urgroßvater, Großvater, Torleif und ich, wir alle, die wir am Storsenn ruderten, passten alles an uns an und schmierten einmal jährlich mit Teer. Nach einer kurzen Probefahrt wirst also auch du die Randsfjord-Jolle an deine Bedürfnisse angepasst umbauen. Du bist derjenige, der alles an sich anpassen muss, Jon.«

Wären wir wenigstens nur ein paar Tage hier gewesen. Eine ganze Woche kann ziemlich lang sein, vor allem begleitet vom endlosen Monolog des selbstbewussten Ivar. Der Unterschied zu gestern ist, dass es heute an mir abprallt, hoffe ich zumindest. Es ist noch früh, und vielleicht steht mir eine kleine Standpauke ja auch zu? Habe ich es mir zu lange zu leicht gemacht? Vielleicht brauchen wir alle einen Wink mit dem Zaunpfahl? Vielleicht ist dieser ganze Ausflug eine Erinnerung daran, dass jeder seine Schwächen hat, als wäre mir das nicht schon früher klar gewesen.

»Wieso war mein Vater nicht öfter hier?«, frage ich.

»Dein Vater, Jon ...«, Ivar beendet diesen Satz abrupt. Er setzt neu an: »... war ein komplexer Mensch.«

»Wie meinst du das?«, hake ich ungeduldig nach.

»Asle tat immer genau das, was er wollte, und nur das. Er hörte auf niemanden, nahm keinen Rat an. Musste alles selbst erleben. Arbeitete umständlich und allein.«

Ich habe den Impuls, meinen Vater zu verteidigen. Lasse es so stehen. In Ivars Welt ist Ivar die Wahrheit.

»Aber wieso war er nicht öfter am Storsenn?«, wiederhole ich meine eigentliche Frage.

»Ich konnte ihn zu nichts gebrauchen. Es wirkte nicht so, als wolle er mir zur Hand gehen. Er fragte auch nie danach. Torleif und ich kümmerten uns um Storsenn. So war es eben.«

Ich fuhrwerke mit den Rudern. Mir ist klar, dass meine Rudertechnik nicht gerade vor Professionalität strotzt. Sieht wohl nicht gut aus, weder von Ivars Rückbank noch von Land aus, sollte uns jemand sehen können. Vermutlich kommt es mir immerhin entgegen, dass kein Wind geht. Da ist kein großer Einsatz gefragt, um voranzukommen, außerdem haben wir es ja nicht weit. Die Sonne zeigt sich bisher nur in geringen Dosen, jetzt erstreckt sich jedoch ein breiter Silberstreifen von Südwest über Storsenn, er leuchtet intensiv, gleich darauf ist er wieder verschwunden.

»Siehst du das Moor da drüben?«, fragt Ivar und zeigt mit seinem Finger auf etwas, das in gewisser Entfernung liegt. Ich drehe mich um und blicke über den Bug Richtung Land. Ein nicht bewaldetes Moorgebiet erstreckt sich ins Landesinnere. Die kleine Bucht ist mit großen Steinen gefüllt. Ich höre das Rauschen eines Baches, den ich jedoch nicht sehen kann.

»Hier sammelt sich der Niederschlag des Berges. Hörst du den Bach? Darin prügeln sich zur richtigen Zeit die Männchen. Einige sterben gleich nach der Entladung«, erklärt er mir mit erregter, jedoch leiser Stimme.

Vorsichtig rudere ich näher hin. Ein schmales Rinnsal mündet in den See. Mehrere Felsen ragen direkt dahinter über der Wasseroberfläche. Perfekt sowohl für extrovertierte Alphamännchen, die ein bisschen Spaß haben wollen, als auch nicht über den Tellerrand blickende Hinterwäldler. Ivar kann anscheinend meine Gedanken lesen.

»Hier schwimmen keine Bachforellen, dafür ist der Strom zu klein. Aber siehst du den Kies, dort, wo der Bach in Storsenn mündet? Ideale Steine für Laichgruben, gute Strömungsverhältnisse, solide Bodenmischung, vom Bachwasser sauber gewaschen. Wenn du eine Weile auf einem dieser Felsen stehst, bevor alles rundherum vereist, kannst du massenhaft Drama und Prügeleien beobachten.«

Neben feinem Kies liegen dort auch faustgroße Steine. Ivar zeigt auf Stellen, an denen die Weibchen im Boden kleine Gruben gebaut haben. Riesige Steine, bis zu zehn mal zehn Zentimeter groß, wurden dafür verschoben. Dafür brauchen die kleinen Viecher ganz schön Willensstärke und Kraft.

»Holst du dir hier den Kies für deine Hände?«

»Genau. Warmer Laichkies, etwas Gesundheitsförderndes wirst du nirgendwo finden. Darüber solltest du mal ein Lied schreiben, Jon«, meint Ivar.

Ich rudere weiter. Ivar nimmt seinen Hut ab und hängt sich mit dem Wasserfernglas über die Kante. Nach ein paar hundert Metern Entfernung vom westlichen Ufer reicht er mir das Fernglas.

»Großvater meinte, dort drüben würde der Fisch sogar im stillen Wasser laichen. Das ist dann wohl das, woran du dich gewöhnt hast als Junggeselle, nicht wahr, Jon? Hoho.«

Ich sage nichts und lasse dem alten Mann seinen Spaß.

»Das Wasser da drüben ist jedoch gar nicht so still. Es kommt aus dem Boden hervor, das Grundwasser sickert hier raus.

Deshalb gibt es Steine und Kies an dieser Stelle im See. Kleine Sandbänke erstrecken sich mehrere hundert Meter nach Westen. Der kleine Bach in der Kurve und der Bereich unter uns spielen eine große Rolle für die Fortpflanzung im Storsenn, lass dir das gesagt sein«, erklärt Ivar.

Das Boot bewegt sich schwebend langsam fort. Auch ich erkenne es mit dem Wasserfernglas, fünf bis zehn Meter vom Ufer entfernt verändert sich der Untergrund von größeren Steinen und Felsen zu feinerer Masse. An mehreren Stellen sehe ich fein zurechtgemachte Gruben in einem breiten Gürtel nebeneinander angelegt. Vom Grundwasser der Berge reingewaschen. Wichtig und spannend.

»Dann zeige ich dir mal, wo die Bachforelle wohnt«, kündigt Ivar an und zeigt geradeaus nach Westen.

Ich lege wieder los, meine Arme hauen bei den Rudern rein, meine Beine sind mir im Weg. Wenn ich einen Fuß aufstelle und den zweiten unter der Ruderbank gebeugt liegen lasse, geht es etwas besser. Nach zwanzig Minuten Kampf zieht Storsenn sich zusammen, wird immer schmäler, kleine Spitzen, Felsblöcke, Sümpfe und krumme Bergbirken erscheinen. Etwas weiter weg vom Ufer entdecke ich die eine oder andere hohe und dunkle Schwarzfichte. Am Seegrund wechseln sich Untiefen und Abgründe, trübe Stellen und Felsen ab. Ein paarmal berühren die Ruder sogar den Boden. Ich bin erschöpft, sage jedoch nichts.

Wir legen an einer kleinen Öffnung im Moor an, ein paar

hundert Meter von der Ausmündung entfernt. Ich bringe Ivar sicher an Land und ziehe das Boot auf festen Boden. Wir gehen zu Fuß weiter. Auf der Karte geht Storsenn in den Fluss Grøneåne über. Hier muss einmal jemand versucht haben, einen Damm zu errichten. Große Steine wurden auf beiden Seiten der Mündung angehäuft, vielleicht konnte der Damm nicht fertiggestellt werden oder wurde wieder geöffnet, denn genau hier rinnt Storsenn als Fluss weiter.

»Es könnte sich hierbei auch um eine alte Fischereianlage handeln, denn in der Gegend wurden weitere ähnliche Anhäufungen gefunden, mehr weiß ich darüber jedoch nicht«, gibt Ivar zu. Zum ersten Mal kann ich Ivars Ton als bescheiden beschreiben. Mal was Neues. Dass es tatsächlich etwas geben könnte, das Ivar nicht weiß oder kann. Dass er sich nicht hundertprozentig sicher ist. Dass er etwas bereuen, überdenken, reflektieren könnte. Wie soll das nur enden?

Ab der Ausmündung fällt der Grøneåne steil bergab, bevor er sich in bezaubernde tiefe Höhlen, reißendere Bäche und weitere Moore verwandelt und über kleine Hügel und Vorsprünge und um eine Bergfichte nach der anderen windet. Wir gehen den Fluss einige hundert Meter zu Fuß entlang. Von hier an ist er auf sich gestellt, bis er nach ein paar Kilometern unten im Tal landet und gemütlich weiterfließt. Warum wohl? Zur Regulierung und Entschädigung für Fischereiausfälle, Eisstraßen und Wasserfälle. Gestaute Sanddächer, gefluteter Humus und Hausrat, Mindestrestwasserbestimmungen,

Aquakulturzucht und Jungfische und Schwellendämme. Im Dienste des Wohlstands.

An der Mündung angekommen, bleiben Ivar und ich stehen. Wir blicken über den Grøneåne. Hier halten sie sich also auf. Die Kaffkinder und Hinterwäldler. Nach diesem Fluss ist das Hallingdal also benannt. Ein Mikrokosmos. Die Bachforelle fühlt sich hier wohl, auch wenn sie für immer klein bleibt.

»Ziehen nur die Männchen in die weite Welt hinaus?«, frage ich.

»Für die Weibchen ist es tatsächlich wichtiger, rauszukommen, um für sich selbst und ihre Nachkommen Futter zu finden. Für die Weibchen kostet es mehr Kraft, die Eier zu produzieren, als für die Männchen, ihre Milch herzustellen. Darüber solltest du mal ein Lied schreiben, Jon. Wieso hast du eigentlich keine Freundin?«

Ich gehe zum Boot. Ivar folgt mir. Ich antworte nicht. Muss man alten Menschen alles erzählen? Sie verstehen ohnehin überhaupt nichts. Ich kontere mit einer Frage.

»Wie weiß ein Jungfisch, dass er gegen den Strom in den Storsenn-See schwimmen soll, anstatt weiterhin gemütlich im Tal herumzupaddeln?«

»Er weiß es einfach. Um sein Leben zu leben, muss er raus in die Welt. Nur tote Fische schwimmen mit dem Strom«, antwortet Ivar.

Ich setze mich an die Ruder. Denke daran, dass in der Natur

alles fließt. Klar, wir sollten uns den Dingen stellen, manchmal abtauchen, manchmal müssen wir uns aber auch einfach über Wasser halten. Habe ich mich überhaupt schon mal ins Wasser getraut?

Ich nehme Kurs direkt über den immer noch spiegelnden See, der an manchen Stellen Sonne, an anderen raues Wetter reflektiert. Von dieser Seite sieht Storsenn komplett anders aus. Aus dieser Perspektive sehe ich das gesamte Hochgebirge, das sich hinter und um Storsenn erstreckt. Das Niederschlagsgebiet wirkt überraschend groß. Ich richte meinen Blick auf die Ausmündung und versuche schnurstracks und effizient in Richtung Fischerhaus zu rudern. Läuft nicht wie geplant, aber Ivar meckert auch nicht. Ich drehe mich um, um die Richtung zu überprüfen, sehe das Bootshaus und den Angelhügel in weiter Entfernung. Rudere einige Minuten, drehe mich wieder zur Kontrolle um und habe den Eindruck, nicht besonders weit gekommen zu sein. So kämpfe ich mich über den See, während von Ivar kein Laut zu hören ist.

Am Fischerhaus angekommen, hievt Ivar sich von der Ruderbank und taumelt durch das Boot an Land. Er ist steif und wackelig, aber irgendwie kriegt er es hin.

»Ruh dich aus, ich kümmere mich um das Boot«, biete ich ihm höflichst an. Er antwortet nicht, geht nur schnurstracks ins Haus. Ich ziehe das Boot zur Hälfte in den offenen Raum, den ich Bootshaus nennen würde, und mache es an einer Ringschraube im inneren Dachbalken fest. Seit dem Morgen ist es merklich wärmer geworden. Ivar liegt unter der Decke. Große Stille tritt ein, sowohl im Gebäude als auch in mir. Bald haben wir Mittag. Ich lasse mich am Balkon nieder, diesmal auf einer Styroporplatte. Gute Idee. Den Kopf an die Wand gelehnt, den Blick in die Ferne gerichtet.

Besser.

Da kickt die Wärme der Sonne voll ein, sodass ich Pulli und Mütze ausziehen muss. Ich kann Ivar nicht alles erzählen, auch wenn ich es ihm vielleicht schuldig wäre, als Anerkennung für Storsenn. Was die Liebe betrifft: Die habe ich sehr wohl erfahren. Mein ganzes Leben lang. Mehrmals war ich bereits verliebt, kenne das Gefühl also. Sie kommt wie ein Fieber und braucht Zeit, um sich zu legen. Sie begleitet mich dann noch lange in meinen Gedanken. Verliebtheit macht stark und mutig und lässt einen nach vorne schauen. Das letzte Mal hatte ich so gefühlt, als Anne neu im Schulsekretariat anfing. Ihre Telefonstimme bezauberte mich, haute mich regelrecht vom Hocker. Was war so Besonderes an ihrer Stimme? Alles. Was sie sagte. Wie sie es sagte. Ich habe gelesen, dass Form und Inhalt nicht immer zusammenhängen müssen, in diesem Fall war es jedoch so. Natürlich passte alles wie Topf und Deckel. Anne war eine herzliche und besonnene Person. Anfangs fragte sie unverblümt all die praktischen Aspekte ab: Gehaltsabrechnung, Arbeitsvertrag, Urlaubsgeld. Ich antwortete, so gut ich konnte, aber kurz. Mit der Zeit lenkte mich ihre Stimme immer mehr ab. Alles, was sie sagte, war großartig. Es ergab Sinn, schenkte mir Geborgenheit und fühlte sich unendlich schön an. Sie zeigte sich angemessen neugierig und offen, zugleich ausgesprochen weise und menschlich.

Ich hatte am Küchentisch gesessen, als sie anrief. Ich musste schnell ans Telefon gehen, denn ich war spät dran. Stattdessen wurde ich davongetragen, von ihr. Ihre Stimme war das Gegenteil von scharf, hart und laut, sie war luftig, außerdem schienen alle Worte gleich wichtig. Zuerst sprach sie gewöhnliches Ostnorwegisch, doch plötzlich rutschte ihr der schönste Dialekt raus. Da konnte ich nicht länger widerstehen und fragte sie, woher sie stammte. Geboren und aufgewachsen im Snertingdalen, in der Nähe der Orgelfabrik. Wie sie es sagte, war das eine, das andere, was sie da erzählte.

Den Gnadenstoß verpasste sie mir, als sie plötzlich fragte: »Ist da, wo du gerade bist, klarer Himmel?« Bevor ich antworten konnte, warf sie ein: »Hier sehe ich nur strahlendes Blau. Da muss ich an Edward Hopper und das Bild *Nighthawks* denken, kennst du das? Das mag ich so gern! Kennst du Hopper?« Nein, den kannte ich nicht. Das machte ihr nichts aus, es war nur so, dass *Nighthawks* sie daran erinnerte, wie verletzlich sie und alle Menschen waren, ein Plakat des Gemäldes hing sogar in ihrer Almhütte im Snertingdalen. An ihrem Lieblingsort auf dieser Welt. Was ihr am meisten gab, war, morgens dort aufzuwachen. Den mächtigen offenen Herd und damit Küchenofen anzuheizen, sich wieder unter der Decke einzukuscheln, zuzuhören und zu warten, bis die Wärme sich ausbreitete, am liebsten mit einem Buch. Das bedeutete wahres Glück für sie. Mehr brauchte sie nicht für ihren Seelenfrieden.

Ich erzählte von meiner Musik und dem Renovierungsprojekt. Anne hörte zu und fragte nach. Worauf war ich da gestoßen? Waren es nur mein Wunsch, meine hilflose Hoffnung, meine Vorstellungskraft, die von Herzen glaubten und fantasierten? Oder handelte es sich um den richtigen Riecher und absoluten Volltreffer? Das hätte bedeutet, dass ich mit ihr einen Menschen kennengelernt hätte, der mir schlicht und einfach guttat, dem auch ich Gutes tun konnte. Eine Liebe für einen Lebensabschnitt oder eine Partnerin für die Ewigkeit.

Zuerst verliebte ich mich in ihre Energie. Sie war aufbauend, wohlwollend, wie ein heißes Bad, aus dem man nicht mehr raus möchte. Alles drum herum wird einem egal. Vielleicht handelte es sich nur um aufrichtiges Interesse und menschliche Umsicht, aber selbst wenn, wie oft kam das noch vor? Selten genug. Außerdem war sie während unseres Telefonates ganz schön persönlich geworden. Am Ende des Gesprächs fragte ich sie, ob es möglich sei, ein Referenzschreiben zu bekommen, falls ich mich woanders bewerben wollte, schließlich arbeitete ich schon eine ganze Weile für den Schulverband in Ål.

»Tja. Die Frage ist eher, ob ich dir eines ausstellen will, schließlich habe ich hier in der Gemeinde die Kontrolle über dich.«

Da lachte sie herzlich, laut und lang und schoss hinterher: »Wenn du nächste Woche im Büro vorbeischaust, ist dein Schreiben fertig aufgesetzt.«

Nach einer Woche kam eine SMS: »Referenz fertig, schau doch vorbei!« Am nächsten Tag war ich an Ort und Stelle. Ich hatte keine Ahnung, wie Anne aussah. Ich war dem ausgeliefert, was sich mir präsentierte: dunklem, zerzaustem kurzem Haar, den strahlendsten und lebendigsten Augen, die ich je gesehen hatte, ob sie nun grün oder blau waren, war mir einerlei. Sie hatte es eilig. Auf dem Gang warteten Leute. Trotz des Stresses beschenkte sie mich wieder mit ihrem gewissen Etwas, das den Aufwand definitiv wert war, wie in ihrer SMS oder unserem Telefonat. Sie überreichte mir das Referenzschreiben, lachte herzlich, als ich es ihr vorlas, und kommentierte: »Gar nicht so übel für einen Aushilfslehrer, oder?«

Da wurde sie zu einem Meeting gerufen. Ich ging. Am nächsten Tag kam wieder eine SMS: »Hallo noch mal, Jon! Ich hoffe, das Schreiben kann dir von Nutzen sein. Es war sehr schön, dass du gestern bei mir im Büro warst. Sag Bescheid, wenn ich dir bei irgendwas behilflich sein kann. Alles Gute, Anne.«

Ein paar Tage später traf ich sie im Supermarkt. Sie war mit einem Mann unterwegs, sie schob den Einkaufswagen, er hakte die Einkaufsliste ab. Als sie mich sah, kam sie auf mich zu. »Hallo Jon! Da muss ich dir jemanden höchstpersönlich vorstellen, nämlich meinen Ehemann«, sagte Anne, albern feierlich. Ich weiß nicht mehr, wie ihr Mann aussah oder wie er hieß. »Und hier ist meine Tochter Eline«, sagte Anne. Ein Mädchen lugte hinter dem Rücken seiner Mutter hervor, schaute mich direkt an und gleichzeitig direkt durch mich durch. Sie grüßte nicht, sie lächelte nicht. Sie könnte sieben oder vierzehn Jahre alt gewesen sein, mir war schlagartig alles egal geworden. Mit einem Mal blieb mir komplett die Luft weg. Mir wurde schwarz vor Augen.

Es gab so viele Dinge, die ich an Anne mochte. Ihr neckischer, lustiger und direkter Stil gefiel mir besonders. Ich war mir sicher, dass sie ehrlich war. So was merkt man eben. Wieso wurde also nichts aus uns? Vielleicht hatte sie den Mann ohne Aussehen und Namen ja eigentlich satt? Hätten wir uns an diesem Tag nicht beim Einkaufen getroffen, hätten wir weiterspielen können. In Wirklichkeit musste ich doch gar nicht wissen, dass sie jemanden hatte. Hätte nie gefragt und wäre, solang es uns guttat, in unserer wunderbaren Blase geblieben. Vielleicht ging es ihr genauso? Sie wollte testen, ob ich als potenzieller neuer Partner in Frage käme. Nach dem Supermarkttreffen verwelkte das zwischen uns jedoch. Diese Einkaufsszene kam für uns beide zu früh.

Friedliche Stunden am Schlossbalkon. Genau das habe ich gebraucht. Gegen vier erwacht Ivar in der unteren Koje wieder zum Leben. Er kämpft sich hoch und legt ohne Vorwarnung mit der Arbeit los. Platziert Bojen in einer der Zinkwannen, füllt die andere mit Netzen. Eine schnelle Brotzeit. Als wir das Boot rausschieben, weht auf einmal ein kräftiger Wind. Er vergeht nicht sofort wieder, hält aber auch nicht besonders lang an. Woher kam er nur? Während Ivar schlief, hatte ich mich am idyllischen Wetter erfreut. Er trägt nun eine uralte grüne Fliegerjacke mit Gürtel und großen Knöpfen, seinen Krempenhut, seine geliebten gestrickten Fäustlinge und eine große Lesebrille. Er sieht aus wie ein altgedienter Kommandant aus dem Ersten Weltkrieg, der gerade vom Schlachtfeld heimgekehrt ist. In den Bug wirft er die alte, verblasste rote Schwimmweste von Onkel Torleif. Sie ist wohl für mich bestimmt, auch wenn sie viel zu groß und unmöglich zu benutzen ist, lege ich sie unter meine Ruderbank.

»Vom Fischerhaus nördlich geradeaus!«, ruft Ivar, während er Richtung Norden zeigt.

Er will die Netze entlang des Ufers in Richtung Ausmündung auslegen. Als wir losrudern, fährt mir der Wind von der Seite ins Boot, es taumelt, und das Wasser schwappt über. Das bisschen, das ich mir an Gelassenheit und Selbstbewusstsein behalten habe, verschwindet jetzt auch noch. Wir bewegen uns mit Schneckentempo voran.

Nach ein paar hundert Metern ruft Ivar, als wir nur ein paar Meter vom Ufer entfernt sind: »Jetzt, Torleif! Wenden! Auf dem Absatz! 180 Grad! Dalli, dalli, Torleif!«

Um das Boot zu wenden, rudere ich mit dem einen und schaufle mit dem anderen Ruder. Mühe mich umsonst ab, drehe die Ruder falsch herum. Werde vom Wind ausgebootet. Schaffe es schlussendlich, das Boot zu wenden, aber diese Drehung kann man bestenfalls sanft nennen, außerdem treiben wir dabei ordentlich vom Ufer weg.

»Jetzt musst du direkt das Landesinnere anpeilen! Das Netz kann hier nicht bleiben! Auf geht's, Torleif, auf geht's!«

Ich lege mich voll ins Zeug, lande aber nicht dort, wo Ivar uns haben will. Also an dem Stein, an dem Ivar und Großvater, und mit Sicherheit auch mein Urgroßvater, das Netz immer schon platziert haben.

»Geradewegs rückwärts, Torleif!«

Ich bin vermutlich zwanzig Meter zu weit westlich. Nichts bewegt sich mehr. Schließlich reißt Ivars Geduldsfaden.

»Dann müssen wir es eben hier einsetzen!«

Er wirft die Boje aus – am falschen Ort. Zu weit vom Ufer entfernt und zu weit westlich. Das obere Ende des Netzes ist mit einem eineinhalb Meter langen Nylonfaden befestigt, der wiederum am Korken der alten Dentax-Kanne hängt. Ich bin schnell mit dem Wind.

»Du musst mitarbeiten, Torleif! Du hast Rückenwind!«

Ivar hat anständig zu tun, obwohl er im Boot sitzt. Er ist zu wackelig, um dabei zu stehen, erst recht bei diesem Wind. Er wäre nicht der erste Dorfgreis, der beim Herbstfischen umkäme. Ivar »wirft« das Netz aus, eine Hand an der oberen und eine an der unteren Schnur, lässt es aus der Zinkwanne plumpsen, es liegt ein paar Sekunden auf dem See, bevor es sich Meter für Meter ausbreitet und nach einiger Zeit kerzengerade am Seegrund steht.

»Nicht so schnell, Torleif! Du bist zu schnell! Du musst das Boot nur lenken. Ruder nicht mit dem Wind! Nicht so schnell!«
Ich bremse und lenke, so gut ich kann, aber es reicht nicht aus.

»Zu schnell«, höre ich ihn leiser und resignierter sagen, mehr zu sich selbst.

Als Ivar schließlich das Netz festzieht und die oberste Schnur davonsegeln lässt, liegt die Boje zig Meter vom Ufer entfernt, und das Netz steht in einer seltsam scharfen Bogenkurve im Wasser.

»Fangen wir so einen einzigen Fisch, trete ich wieder in die Kirche ein«, meint Ivar aufgewühlt.

»Ich dachte, du wärst schon Kirchenmitglied?«

»Ich bin Atheist.«

»Ich heiße übrigens Jon. Du hast mich gerade mehrmals Torleif genannt«, berichtige ich ihn.

»Nein. Das habe ich nicht!«

Er schweigt eine Weile, bevor er zusammenfasst:

»Wenn du direkt an dein Ziel rudern willst, musst du rückwärts zielen. Um ans Ziel zu kommen, musst du wissen, wo du herkommst.«

Ich kämpfe immer noch mit den Rudern, aber irgendwie ist bei mir nach dem ersten Netz der Knoten geplatzt. Das nächste Netz werfen wir ein paar hundert Meter westlich aus, und so geht es dann weiter. Verschönern die Nordseite mit Dentax-Bojen. Der Wind lässt die ganze Zeit über nicht nach. Die Fahrt gleicht einem Kampf, aber ich werde immer besser im Rudern und tröste mich damit, dass meine Feuertaufe bei starkem Wind stattfindet.

Nach knapp zwei Stunden auf dem See drehe ich um und nehme Kurs Richtung Fischerhaus. Meine zweite Runde quer über den gesamten See. Wir sind erschöpft. Glücklicherweise haben wir Rückenwind, und ich muss mit den Rudern nur nachhelfen. Ivar versucht sich auszustrecken. Hätten wir geangelt, gäbe es heute Abend wohl Fisch, aber damit fangen wir gar nicht erst an, das kommt für Ivar nun wirklich nicht in Frage.

»Dein Urgroßvater lief nicht mit einem Beereneimer um den See, sondern mit einer Waffe. Als er einen Typen mit Angel-Otter an der Südseite entdeckte, legte er sich auf diesen Hügel dort«, zeigt Ivar auf einen kleinen Vorsprung, der mit Birken und Fichten bewachsen ist.

»Er schoss ihm die Käfer von seinem gut sortierten Angelzubehör, das nur einen Meter neben dem Mann lag. Da zog der Sportangler von dannen. Anders kannst du der Fischwilderei als Einzelner nicht die Stirn bieten, du musst von allen Seiten angreifen, vorzugsweise dreien.«

»Wieso fischst du nur im Herbst?«, frage ich schnaufend und mit Schweiß auf der Stirn. Ich lasse das Boot ein Stück allein weitertreiben. Der Wind hilft mir dabei. Ich muss mich nicht mehr lang hier aufhalten, bevor ich wieder Kraft tanken kann.

»In den hellen Sommernächten sieht der Fisch die Netze. Im

Storsenn finden die Fische so viel Nahrung am Grund, dass sie keine Fliegen und andere Insekten brauchen. Ist es warm, essen sie also in der Tiefe. Dunkle Netze, kaltes Wasser, stürmisches Wetter, so fängt man einen Haufen Fische. Das Netz wird zugezogen und fängt noch und nöcher. Angeln erwischen einen Fisch, dann noch einen. Darum benutzen wir im Herbst natürlich Netze. Denn es gibt nur einen Weg, so viel wie möglich zu fangen, und das ist, so viele Netze wie möglich auszuwerfen.«

Ivar wirkt gleichermaßen stolz und unruhig, wie er da so von der hinteren Ruderbank den Chef gibt. Ich kann ihn verstehen. Lebenserfahrung hat er wohl. Er weiß, wie alles zu sein hat, wie alles gemacht werden soll. Endlich kann er die Last teilen, an einen anderen abgeben. Nicht ohne Reibung, ich bin nicht der ideale Stammhalter, von dem er träumt. Und genau das verunsichert mich. Massiv.

Auf den letzten Metern Richtung Land gebe ich noch einmal Gas. Ich sehe, wie sich etwas in Ivar regt, nachdem ich noch mal einen Zahn zulege. Stünde er aufrecht, wäre er im Wasser gelandet. Direkt bevor wir am Bootshaus anlegen, fragt er mich.

»Wieso hast du keine Beziehung, Jon? Hattest du schon einmal eine Freundin?«

Bei der Liebe gibt er nicht nach.

»Ich habe jemanden kennengelernt und mich zurückgezogen. Hatte Angst, nicht gut genug zu sein«, antworte ich.

Ivar verstummt. Ich bin von mir selbst überrascht, dass ich so ehrlich zu ihm bin. Vielleicht wäre es besser gewesen, nicht zu antworten. Oder bringt mich Ivars unverfrorener Ton dazu, mich so auszudrücken? Ist das jetzt die Art, wie wir miteinander sprechen? Soll mir recht sein, aber ich will ihm trotzdem nicht alles erzählen. So über Anne und Linn zu reden, wäre einfach falsch. Man plaudert nicht pausenlos und ohne Grund über diejenigen, die einem am nächsten stehen.

Hach, Linn. Nennen wir das Ganze mal einen Tick destruktiver. Ein Jahr lang lief es, in kurzen Phasen, sehr intensiv. Dann war sie lange abwesend. Wir trafen uns nie in der Realität, außer beim ersten Kennenlernen und an diesem einen Abend in Drammen. Sonst gab es nur E-Mails und SMS. Bei einer Versammlung des Norwegischen Lehrerverbandes im Storefjell Resort Hotel fraßen wir irgendwie einen Narren aneinander. Irgendwann gab es nur noch uns beide. Ich sah niemanden sonst, obwohl der Raum voller Menschen gewesen sein muss. Die Stunden verflogen. Ich weiß noch, dass ich dachte, das reiche schon aus, um ein Paar zu werden. Wir waren nur miteinander beschäftigt, brauchten niemand anderen.

Zur Sperrstunde knutschten wir an der Bar. Wir verbrachten die Nacht miteinander, aber zum Hotelfrühstück wollte sie getrennt gehen. Montag nach dem Versammlungswochenende schickte sie mir eine Nachricht: »Ich kann mir kein Wiedersehen vorstellen, tut mir leid. Kuss, Linn.« Ich versuchte, etwas

Fröhliches zu antworten, und dankte ihr für das, was wir teilten. Nach ein paar Wochen kam eine neue Nachricht: »Ich vermisse dich, Baby. Niemand kennt mich so gut wie du«, schrieb sie. Einen Monat und einige unerwiderte Antworten meinerseits später schickte sie wieder unvermittelt einen kryptischen Text: »Du fehlst mir. Das nächste Mal bin ich eine andere? Kuss, Linn.« Was sollte das bedeuten – eine andere?

Ich blieb durch Höhen und Tiefen dran, war erschöpft und wurde nie schlau aus uns, fand nicht heraus, was sie und ich wollten und konnten. Sobald ich mich an eine Gefühlslage gewöhnt hatte, zog sie ganz andere Saiten auf. Oder verschwand von der Bildfläche. Antwortete nicht mehr. Wir fuhren zu einem Konzert im Union Scene in Drammen, sie hatte Tickets für Svarttrost besorgt, die Band, in der Espen Rud Schlagzeuger war. Ich spürte, dass etwas nicht stimmte. Als ich am Bahnhof ankam, konnte sie mich plötzlich doch nicht von dort abholen, und während des Konzerts wollte sie partout nur in einer dunklen Ecke sitzen, in der uns niemand sehen konnte. Wir hockten eng beieinander, doch ihr Blick schweifte in die Ferne. Ich hatte so ein Gefühl, dass sie einen anderen hatte. Wie bei Anne war ich auch bei ihr nur kurz aktuell und interessant gewesen. Sie hatten mich Probe gefahren und fanden mich zu leicht zu haben.

Linns letzte Nachricht trudelte ein halbes Jahr später bei mir ein. Sie schickte mir ein Handyfoto vom Folarskarnuten, dem auf 1933 Meter über dem Meeresspiegel liegenden höchsten Punkt meiner Gegend, des Hallingskarvet: »Langes Wochenende in Finse. Ich vermisse dich sehr! Oder vielleicht nicht dich, sondern jemanden, den ich gernhaben kann. Linn.«

Bis heute weiß ich nicht, warum sie das so schrieb. Vielleicht wollte sie einfach nicht lügen, gibt ja auch Menschen, die das schlichtweg nicht können. Eine wundervolle, aber oftmals problematische Eigenschaft. Ich habe nie wieder von ihr gehört. Allerdings antwortete ich ihr auch nicht mehr. Linn muss wohl gemerkt haben, dass ich Zweifel hatte, sowohl an ihr als auch an mir. Somit war ich wieder mal abgeschrieben. Vielleicht wollte ich unbewusst nicht mehr, und sie spürte es. Sich verantwortlich dafür zu fühlen, dass ein anderes Wesen ein gutes Leben führt, kann eine ziemliche Last und eine Monsteraufgabe sein. Bekommt man Kinder, übernimmt man noch mehr Verantwortung. Und im Hintergrund lief bei mir etwas mit, das mir mein Vater erzählt hatte, auf das ich immer wieder stieß. Onkel Torleif hatte auch seine Erfahrungen in der Liebe machen wollen, doch es hielt nie lange. Als er aufgab, war sein Fazit im Gespräch mit meinem Vater, dass die Frauen zu viel von ihm erwartet hatten. Da er im Übrigen gerne selbst über sein Leben bestimmte, vor allem über seine gemütlichen Abende zu Hause, blieb ihm nichts anderes übrig, wie er sagte, als allein zu wohnen, mit einer Katze, schlimmstenfalls einem Hund. Wieso hat Vater mir das überhaupt erzählt?

Die Wellen schlagen hart gegen das Boot, als wir an Land gehen. Der Nachmittagsausflug begann ruhig und köchelte langsam bis zum Aufbrausen. Ich stütze Ivar beim Ausstieg aus dem Boot, achte darauf, in der Mitte zu stehen, damit wir nicht beide im See landen. Sobald ich ihn auf sicherem Boden abgestellt habe, schubst er mich weg. Ich ziehe das Boot allein in die Birkenslip. Bin erschöpft, also beeile ich mich, es an der Kurbelwinde festzubinden, und stelle das Boot zur Hälfte unters Dach, damit es vor den Wellen sicher ist. Danach staple ich die Wannen am Bug ineinander und spüre meinen Muskelkater. Und meine innere Unruhe.

Wir schaffen es rein, mir brummt der Schädel vom ständigen Wind in den Ohren. Wir hieven uns an den grünen Tisch, während einige der Wellen uns immer noch in den Knochen sitzen. Ivar vermutet, es seien über fünf Meter pro Sekunde gewesen. Klein auf großem Meer, groß auf kleinem See. Ivar sagt, ich dürfe niemals die Wettervorhersage konsultieren, sondern müsse mich immer nach dem richten, was ich vor Ort sehe. Hinge ich zu sehr an der Meteorologie, käme ich niemals auch nur am See an.

Die Zeit bis zur Dunkelheit vergeht unaufgeregt und schnell. Verglichen mit gestern wirkt Ivar ruhig, spricht wenig, es scheint so, als brauche er seine Kraft zum Atmen. Er kocht, wie gestern, Tomatensuppe und Eier. Heizt den Bjørn-Ofen an und macht den Raum wieder zur Sauna. Eine Viertelstunde später müssen wir wieder komplett durchlüften. Als wir aufgegessen haben, schmatzt und schleckt Ivar, reinigt seinen Mund und seine Zähne mit seiner Zunge, atmet ein und sagt: »Verstehst du das System, nach dem ich fische?«

»Noch nicht, glaube ich«, lautet meine Antwort. Lieber nicht besserwisserisch rüberkommen, sondern nachfragen. Worauf er hinauswill, weiß ich zwar noch nicht, jedoch kann ich Gift darauf nehmen, dass jetzt eine lange Lektion folgt, die ich aufschreiben soll, natürlich in Hinblick auf unsere Vorfahren und Nachkommen.

»Zuallererst musst du, um für dich selbst zu rechtfertigen, dass du über Storsenn ruderst, dich einmal pro Jahr höllisch anstrengen. Seit Beginn der Fangberichte haben wir zwischen 110 und 130 Kilo Forelle pro Jahr aus diesem See gefischt. Das tut dem Ökosystem gut, was man daran sieht, dass die Forellen aus dem Storsenn von hoher Qualität und tiefrot sind. Das Durchschnittsgewicht pro Fisch liegt seit jeher bei 650 Gramm. Im Jahresbericht notierst du das Gewicht und den Einsatz, darauf lege ich Wert, also die Anzahl der Netze, äußerst wichtig. Du musst deinen Einsatz mitberechnen, nicht nur dein Ergebnis. Hierbei gilt ein Netzknoten als ein Knoten pro Netz, das sollte selbsterklärend sein, sogar für dich, Jon«, meint Ivar und richtet sich auf seinem Stuhl auf.

Na bitte, los geht's. Ich akzeptiere die Sticheleien, ohne mich zu verteidigen. Ivar räuspert sich.

»Ein Netz ist 25 Meter lang und 1,50 bis 2 Meter tief. Ich fische ausschließlich mit 40-mm-Netzen, damit ich nur die erwische, die bereits die Chance hatten, sich fortzupflanzen, bevor ich sie mir hole. Als zufriedenstellend erachte ich bei einer Weite von 40 mm einen Fisch pro Knoten. Auf einem Doppelnetz, also 2 x 25 Meter, sollten es 650 Gramm mal 2, also 1,3 Kilo sein. Mit deinem Einsatz solltest du dann bei 185 Netzen oder 92 Bojen insgesamt pro Saison auf 120 Kilo Fisch kommen. In einer Woche, genauer gesagt in sechs Tagen, ergibt das 30 Netze, 15 Doppelnetze pro Tag, mal sechs Tage, also 180 Netze. Willst du es am Storsenn mal ruhiger angehen lassen, kannst du mit weniger Netzen pro Tag ans Werk gehen. Dafür habe ich Verständnis, ich habe mir selbst bereits einige solcher Ausflüge hierher gegönnt und es nie bereut. Wirst du besser im Fischen, kannst du mit weniger Einsatz an die Sache rangehen.«

Er macht eine lange Kunstpause. Imponiert er sich damit etwa gerade selbst?

Sieht so aus. Er richtet sich auf, schlägt sein rechtes Bein über sein linkes und legt seinen Kopf fast unmerklich schräg. Quasselt weiter, teils mit sich selbst, teils mit mir.

»Das Wichtigste ist, bei 120 Kilo oder 180 Netzen aufzuhören. Als ich Storsenn übernahm, wollte ich mehr Fisch rausholen, als ich dem Hotel verkaufen konnte. Ich war jung, dumm und gierig und sehnte mich nach Wachstum. Ich habe Fische gemolken und an Züchter weitergegeben, hatte immer wieder Einjährige in den Netzen, die ich alle wieder frei ließ. Es kam zu einem Ungleichgewicht und Überbevölkerung, Riesenschädel mit kaum Fleisch dran. Ich hatte vergessen, dass Storsenn sich selbst reguliert, und das war schlecht für das Ökosystem. Es wimmelte nicht mehr vor Krebsen. Plötzlich hatten alle Fische nur mehr winzige Mägen, in denen ich oftmals ihre eigene Brut fand, in ihrer Not fraßen sie einander auf. Ich war mittendrin, den See zu zerstören. Es brauchte mehrere Saisons mit engmaschigen Netzen, um wieder anständig aufzuräumen, bevor ich zum ursprünglichen Kultivierungsplan zurückkehrte, der ja seit Generationen funktioniert hatte: 40 mm Maschenweite, max. 180 Netze, max. 120 Kilo Fisch. Das war immer das Erfolgsrezept und wird wohl auch dir gute Dienste leisten. Allemal reichen. Besorg dir gerne neue Nylonnetze, damit du auf neuestem Stand bist und sie deine Lebzeit lang halten.«

Ich habe mehrere Seiten des blauen Buches vollgeschrieben. Ohne Nachfragen und ausgezehrt im Kopf starre ich auf die Notizen.

»Ist gut. Alles hier drin vermerkt«, bestätige ich kurz und bündig.

»Danke. Das ist wirklich wichtig«, betont er noch einmal.

Dem stimme ich zu, denn es wirkt auch für mich wichtig.

Ich gehe raus in die Nacht. Der Wind hat sich so schnell gelegt, wie er aufgekommen ist. Er dreht schnell, ähnelt Ivar. Das muss der klarste Abendhimmel sein, den ich je gesehen habe. Das brauche ich jetzt, ein bisschen Zeit für mich, allein hier stehen nach diesem Fischereiunterricht, von dem Ivar berechtigterweise behauptet, er sei relevant, für mich außerdem interessant und praktischerweise von Generationen vor mir erprobt. Ich habe festgestellt, dass der letzte Vortrag nicht mit Sarkasmus mir gegenüber gespickt war. Das ist doch schon mal was.

Ein leuchtender Stern im Südwesten schickt einen strahlenden Streifen über das Wasser. Könnte es Venus sein? Jedenfalls lässt das Ganze Storsenn wie eine Star-Wars-Kathedrale aussehen. Ein Flugzeug passiert uns mit seinem langsamen Blinken. In weiter Ferne höre ich Lastwagen abbiegen und Steigungen rauffahren, Richtung Hochebene, Wetter- und Wasserscheide, oder ist es doch der Wind? Weiter westlich sehe ich den Himmel schwach gelb in einer weiten Kuppel aufleuchten. Das muss die Stadtbeleuchtung sein. Ich sehe das Zentrum, doch das Zentrum sieht mich nicht. Dahinter, im Halbdunkel, thront wortlos der Hallingskarvet-Gebirgskamm. Bereit für seine Herrschaft, die er geduldig abwartet. Er hat bereits die verrücktesten Einfälle miterlebt, Menschen beobachtet, die den Bodenkontakt vollkommen verloren haben. Hat gehört, wie wir uns streiten, einander beeindrucken, uns etwas vorstellen, unsere Pläne schmieden, über Gott und die Welt sprechen. Bemitleidet uns, hofft, dass wir es eines Tages schaffen, unser Leben in den Griff zu kriegen. Fragt sich, was uns reitet, dass wir stetig nach mehr trachten. Sieht klar und deutlich, dass ich nicht dazupasse.

Ich erledige meine Abendtoilette in der späten, kalten

Abendbrise und krieche in meine Koje. Schreibe kurz in das blaue Buch: Das Einzige, was ich will, ist, dass du zurückkommst. Sagst, dass ich es gut gemacht habe, mein Bestes gegeben habe, gut genug war. Als du am Leben warst, war ich noch jung. Ebenso als du starbst. Ich finde meinen Weg. Du brauchst mich nicht zu retten. Ich brauche dich nicht zu retten. Du hattest deine Zeit. Wir haben die Zeit, die wir haben. Das Leben gehört den Lebenden.

| MITTWOCH |

Nachdenkliche oder treibende Musik

»Hast du schon mal Eisfischen ausprobiert?«, frage ich.
»Eisfischen?«, fragt Ivar verächtlich.
Nach der Morgentoilette komme ich wieder rein, und Ivar hat eingeheizt. Es riecht nach Birke und Kaffee. Ich gehe hinaus auf den Schlossbalkon, strecke mich und atme den neuen Tag ein. Storsenn glänzt schwarz. Nach der Nacht wirkt alles nasskalt. Ich erkenne zwar keinen Raureif, aber meine Nase fröstelt ganz schön. Die kleine Birke an der Landzunge sticht aus der Nebelsuppe hervor. Am Ufer, quer über den See, in einer winzigen Öffnung, sehe ich, wie sich der Morgen zwischen schwarzen Fichtenbüschen ziert. Jenseits des Moores hebt sich der Schleier.
»Weißt du denn nicht mehr, wie es Rolf Romeo erging?«, ruft Ivar lautstark vom grünen Tisch aus nach draußen. Ich höre, dass er den Frühstückstisch deckt.
»Doch, klar«, antworte ich.

Rolf war im Januar zum Eisfischen gegangen und nie mehr nach Hause zurückgekehrt. Die Bergwacht musste ausrücken, fand ihn jedoch bei sechzehn Grad Minus nur noch tot in Embryonalstellung an seinem Angelloch liegend. Sie mussten Rolf aus dem Eis hacken und mit dem Ackja abtransportieren. Die Zipfelmütze und das Toupet an den Schädel geklebt, kopfüber. Als sie am Parkplatz ankamen, warteten Elise, die Polizei, Rettung, das Rote Kreuz, eine Feuerwehrmannschaft und Journalisten von der Hallingdølen auf ihn. In den unpassendsten Augenblicken taucht das Foto von Rolf auf dem Ackja immer wieder auf, noch öfter, seit es das Internet gibt. Einen solchen Nachruf wünscht sich wirklich niemand.

»Dann kannst du dir wohl denken, warum ich keine Löcher ins Eis hacke?«, schnappt Ivar.

»Ja, doch«, antworte ich.

»Noch etwas, Jon. Du solltest es schätzen, den See für dich allein zu haben. Gemeinschaftseigentum führt immer dazu, dass der andere glaubt, mehr Rechte zu besitzen, als er es tatsächlich tut.«

Ich nicke langsam. Ivar sieht mich an.

»Am Motjødn-See baute neben einem Fischer jemand eine Ferienhütte. Auf unverständliche Weise, vermutlich aufgrund einer chaotischen Erbfolge an einem Hof in Lien, besaß der Hüttenbesitzer auch Fischereirechte auf Lebenszeit. Der Hüttenbesitzer, seinerseits Anwalt, entwickelte überhaupt erst Interesse am See, weil Endre Systrandhovda so dumm war, überall mit der Fischqualität im Motjødn zu prahlen. Einmal gab er sogar an Ostern im Regionalradio damit an: »Am Motjødn beißen die Fische so gern an, dass man sich hinsetzen muss, sobald man den Köder einhängt.« Wenn dich also jemand nach den Fischen im Storsenn fragt, musst du immer antworten, dass es nicht besonders ertragreich ist und auch niemals war, dass du dich also eigentlich nur mäßig für diese Moorpfütze interessierst und eigentlich lieber auf der Hardangervidda angelst oder es auf die Lachsforellen in Aurland abgesehen hast, da sie wie der Lachs im Lærdal immer schon und bis in alle Ewigkeit gerne zubeißen. Und all das nur einen Steinwurf entfernt. Das nennst du Fischen!«

Ich nicke ernst. Wir bleiben eine Weile so sitzen. Durch den Glaseinsatz der Tür ruht mein Blick auf dem Wasserspiegel. So könnte ich ewig hier sitzen bleiben. Einer der Vorteile daran, dass ich nicht gern die Initiative ergreife und hier mit Onkel Ivar bin, ist, dass ich für nichts Verantwortung übernehmen muss, weil er ohnehin keine Erwartungen an mich stellt.

Erst nach mehreren Minuten zerstört Ivar die Idylle.

»Am Motjødn lief einiges schief. Der Anwalt teilte die Fischereirechte in fünf Teile auf, damit jedes seiner Kinder die Erlaubnis bekam. Alle nahmen ihr Recht wahr, sich bei der jährlichen Eigentümerversammlung aufstellen zu lassen, und tyrannisierten Endre Systrandhovda und die anderen Miteigentümer. Der Anwalt lag allen ständig in den Ohren wegen Fangberichten und Versammlungen, Abstimmungsrecht und

Protokollen, Muschelprobenarchiven und Elektrofischerei, Testfischerei, Vollmachten, Abgabefristen, Führungsangelegenheiten und Berichten. Es kam schlussendlich so weit, dass Endre – als Eigentümer des größten Grundes am See! – seine Anteile an die Gemeinde Ål verkaufte. Bei der nächsten Jahresvollversammlung wurden achtzig Miteigentümer ernannt, die alle mit Stimm- und Äußerungsrecht ausgestattet wurden. Das reinste Chaos, sodass Endre Systrandhovda, der als friedlicher Mann bekannt war, die ganze Sache mit dem Aussetzen von sogenannten Unkrautfischen beendete, die den essbaren Prachtkerlen die Nahrung wegfutterten. Dadurch wurde ein solider Forellenteich für immer unbrauchbar gemacht. ›Als Menschen zusammengewürfelt wurden, die nicht aus der Nachbarschaft stammten, verlor der Motjødn-See alles Gleichgewicht und ich meine Freude‹, war Endres Fazit.«

»Was bin ich froh, dass mir so etwas erspart bleibt«, antworte ich mit aufrichtigem Interesse, bereit zu frühstücken. Immerhin sitzen wir bei Tisch.

»Ja, das solltest du wirklich zu schätzen wissen. Außerdem ist Storsenn ein nicht regulierter See«, erklärt Ivar und bereitet sich ein Käsebrot zu. Ich haue auch rein. Ivar starrt nachdenklich die Tischplatte an, dann schüttelt er langsam den Kopf und sagt:

»Stell dir mal vor, die elf Seen in Nordfjelle wären ein einziger großer See, der Bassjong genannt würde. Stell dir mal vor, dass der See Bergsjøen nicht mehr in Skardslie mündete, sondern einen Kanal in den Rødungen bildete. Stell dir mal vor, der Rødungen liefe nicht mehr runter in den Vats, sondern wäre ein Kanal zum Varaldset-See. Stell dir mal vor, der Varaldset-See flösse nicht mehr in den Votna, sondern geradeaus nach Süden als Kanal nach Hovet. Der arme alte Hovet. Darüber solltest du mal ein Lied schreiben, Jon.«

Ich merke, dass ich gerne mehr über Fischerei und Seen hören möchte. Es genieße, Ivars Erzählungen zu lauschen, weil all dieses Wissen aus erster Hand stammt, und genau das macht dieses Wissen aus. Außerdem hat der Tag überraschend gut begonnen, wenig Schimpferei und auf etwas Herumhacken. Vielleicht war's das jetzt mit der Demütigung?

Nach dem Frühstück und anschließender Verdauungsrast am Balkon reicht es Ivar. Er will aufs Wasser. Wir schaffen es auf den See, er auf der hinteren Bank und ich an den Rudern, die Rollenverteilung ist inzwischen in Stein gemeißelt. Ich peile direkt die erste Boje an. Ivar möchte die Netze in derselben Reihenfolge entnehmen, in der wir sie gestern eingesetzt haben. Die Luft ist immer noch kalt und wird sich auch erst in ein bis zwei Stunden erwärmen. Ich zittere kurz, obwohl ich mich beim Rudern ordentlich anstrenge.

Ivar will, dass ich das Netz an der linken Seite des Bootes einhole, was von mir aus gesehen rechts ist, dann muss nur mehr die Dentax-Kanne in das Boot gehievt werden, und ich stoße uns an der Netzwand entlang ab, dann kann Ivar alles einfach raufziehen. Das Rudern bereitet mir keine Probleme mehr, ich muss das Boot wohl doch nicht umbauen. Ich habe gut geschlafen. Ruderprofi ist mein zweiter Vorname.

Die letzten Meter bis zur Boje gleite ich nur noch vorwärts. Ivar kriegt die Kanne zu fassen, ich halte an und ziehe sie ins Boot, schon nach einigen Metern sehe ich die erste Forelle. Ivars Laune wird schlagartig besser. Aus dem ersten Doppelnetz zieht er fünf Fische, alle zwischen 500 und 900 Gramm. Noch haben wir nicht mal die lange Seite umrundet, doch seine alten Gichtfinger arbeiten schnell und eifrig. Hier sieht es nicht so aus, als hätten sich Fische gesammelt. Ivar schüttelt das Netz, damit es sich glättet. Der Tod, wie er die kleine Holzkeule nennt, wird fleißig und gleichmäßig geschwungen, zwei kräftige Schläge pro Schädel, und gut ist's. Der ganze Vorgang wird von Ivars Gefühlsausbrüchen begleitet: »Schau mal einer an, was für ein Prachtkerl!«, »Kann man den noch Fisch nennen?«, »Jetzt sollte uns jemand zusehen!«, »Kaum zu glauben, noch so ein Brocken!« und »Wenn das so weitergeht, sind wir aus dem Schneider!«

Ivar gleicht immer mehr einem Nerz, dessen Fang seine Erbauung ist. Ihn packen Fröhlichkeit und Erregung, während er schlachtet.

»Du kannst den Fisch rückwärts durch die Masche ziehen, wenn er nicht allzu groß ist, du schätzt das mit den 40 mm dann schon ab. Ziehst du den Fisch vorwärts aus dem Netz, musst du die Netztasche finden, in der er liegt. Die Tasche lockert sich, sobald du alles rund um Schädel, Zahnfleisch und Kiemen gelöst hast. Dann kannst du einfach drauflosschütteln und zerren, dadurch löst sich der Fisch, und du kannst ihn herausholen.«

Wir bewegen uns systematisch das Ufer entlang. Nicht mal im Jenseits kann ich mir Ivar still sitzend vorstellen, und auch im Leben nicht, obwohl er umständlich arbeitet, aber es scheint die einzig richtige Haltung für ihn zu sein. Nach einer Weile gibt es auch einige Fische, die sich nicht aus den Netzen lösen lassen. Wir wuchten alles in die Zinkwannen. Das müssen wir wohl alles später an Land durchgehen.

Um uns explodiert der Herbst. Noch nie habe ich einen so blauen Himmel und eine so gelbe Sonne gesehen. Für die ganze Runde brauchen wir so um die zwei, drei Stunden. Ein wahrer Siegeszug. Über 20 Kilo, bereits nach der Hälfte der Netze. Der ertragreiche Fang macht auch mir gute Laune.

Zu Hause an Land gönnen wir uns ein zweites Frühstück, schließlich ist es erst kurz nach zehn. Eine Stunde später beginnen wir mit der Netzreinigung. Wir stehen auf den Steinplatten an der langen Mauer des Fischerhauses. Nachdem die Netze an der Wand im Wind getrocknet sind, legen wir sie in großen Ringen in die Wannen. So können wir sie leicht wieder rausbringen, wie gestern Nachmittag.

Inzwischen ist es etwas wärmer geworden, wie lange das

wohl halten wird? Im Westen beobachte ich schwere Gewitterwolken, die zwar noch über der Hochebene hängen, jedoch langsam und gefährlich näher kommen. Ivar zeigt mir, mit welchem Messerschnitt er die Forellen ausnimmt. Er setzt das Messer nicht beim After an, schließlich seien das hier Lebensmittel für Menschen, also beenden wir den Schnitt beim After, ohne die Eingeweide zu verletzen. Dann zieht er mit einem raschen Zupacken der Faust alles raus, Kiemen und so, schneidet den Nierenschlauch raus und kratzt mit dem Daumen alles weg, räumt mit dem Messer innen auf, am Ende eine kurze Runde mit dem Minibesen, und niemals den Fisch auf den Boden legen, sonst geht es schief. Am Stahltisch im Anbau salzen wir die Fische ein und legen die Forellen mit dem Bauch nach oben in Eimer. Ivar wirft mit dem Salz ziemlich unsystematisch um sich, weil er es schon immer so gemacht hat und vor ihm sein Vater und vor diesem dessen Vater, also muss auch ich das so machen. »Perfektionierter Salzzufall als Weiterführung der Tradition«, erklärt er.

Die eingesalzenen und abgelegten Fische beschweren wir im Eimer mit einem runden, flachen Stein, der im großen Kessel auf dem Gasofen ausgekocht und anschließend geschrubbt wurde. Den mit einem Plastikdeckel verschlossenen Eimer stellen wir dann in den hintersten Winkel des Kellers. Die kleinen Fische, die wir nicht in die Eimer packen, essen wir später oder braten, kochen oder salzen sie ein. Vielleicht lassen wir sie auch am Schlossbalkon lufttrocknen. Das hat ganz schön Zeit gekostet, erst zwischen drei und vier Uhr nachmittags sind wir fertig. Dann waschen wir die Besen, Messer und uns selbst und setzen uns an den grünen Tisch. Mein Körper fühlt sich leer an, bis auf den prickelnden Sonnenbrand in meinem Gesicht. Müde von körperlicher Arbeit.

»Nach dem Fischen in diesem Herbst ist es wichtig, dass wir die Ausrüstung *prüfen*, damit sie im nächsten Jahr wieder bereit ist. Alles durchgehen, das Boot, die Netze, das Gebäude, die Werkzeuge und so weiter. Diesen Schritt darfst du nie auslassen, sonst beeinträchtigt das alles, das Fischerhaus, Storsenn, dich selbst. Du musst die Ausrüstung immer *prüfen*. Machst du das nicht, pfuschst du, und pfuschen kann jeder. Die, die Ordnung halten, können viel mehr. Darin, und nur darin, liegt der Unterschied, Jon. Das darfst du nie vergessen. Du darfst nie damit aufhören, für alles bereit zu sein, auch wenn das nicht deiner Natur entspricht.«

Ivar schwingt sich vom Stuhl ins Bett. Ich setze mich allein auf den Balkon. Der schwarze Himmel rollt über uns. Der Regen fällt wie eine Mauer und verschlingt Storsenn augenblicklich. Graues Wetter und Nässe, so weit das Auge reicht.

»Morgen wird es kälter«, hatte Ivar zuvor gesagt. Dann wird der Niederschlag vielleicht zu Schnee, schenkt man den Meteorologen Glauben, und den Meteorologen soll man niemals Glauben schenken, schenkt man Ivar Glauben.

»Beruhig dich, Jon. Du wirst die Sonne schon wieder zu Gesicht bekommen, sie ist auch dieses Mal nicht ganz von der Bildfläche verschwunden«, ruft Ivar mir aus dem Bett im Zimmer zu. Dann wird es lange still. Es trommelt hart auf das Blechdach, sodass es ohnehin schwierig wäre, bei diesem Lärm ein Gespräch zu führen. Ivar ist wirklich eine Nummer für sich. Ein alter Sack ohne Mit- und Taktgefühl. Eine Sache, die mich an ihm beeindruckt und die ich ihm zugleich nie sagen würde, ist, wie schlau und schnell er arbeitet. Hat man in den Armen keine Kraft mehr, muss man alle Aufgaben anderweitig lösen, und darin ist er verdammt gut. Macht sich Wind und Wetter zunutze, trägt Hilfsgegenstände ins und aus dem Fischerhaus, heizt den Ofen ein, das Messer ist wie durch Zauberhand geschliffen, ein Fisch gebraten, ein Ruder repariert, Wannen mit Netzen stehen woanders als zuvor, ein loser Stein wurde in der Wand bewegt und wieder eingesetzt. Dann dreht er noch mit der Sense eine Runde auf der Böschung. So geht das bei ihm. All seine kleinen Pausen habe ich jedoch trotzdem bemerkt. Immer wieder bleibt er für einen Moment stehen, setzt sich, wartet ab und bewertet, kommt wieder in Gang. Vieles wird erledigt, gleichzeitig und flink wie ein Wiesel. Wäre er doch nur ein bisschen geselliger oder freundlicher mir gegenüber.

Der Regen nimmt zu. Ich sitze sicher unter dem Vorsprung. Nach einer Stunde regnet es nicht mehr in Strömen, und ich höre, wie Ivar sich drinnen umdreht. Er kämpft sich auf die Beine und setzt sich an den Tisch. Ich bringe ihm Kaffee und Wasser. Er zieht seine Schultern hoch bis unter seine Ohren. Trinkt einen Schluck, dann noch einen. Wacht auf und ruht sich wieder aus. Dann werden seine Augen wieder schmaler, und er reißt plötzlich seinen rechten Arm zur Seite, diesmal ohne Strickfäustling. Eine weiße Hand, alte Hand, gepflegte Hand. Und ich, der eine Kostprobe vom süßen Alleinsein genascht hat. Was jetzt?

»Das Folgende musst du dir bis ins kleinste Detail merken«, beginnt er streng und atmet aus. »Du musst es dir notieren. Bist du bereit?«, fragt er mich.

»Ich bin startklar«, antworte ich, mit dem blauen Buch im Schoß.

»Wie du weißt, musst du einmal jährlich hierherkommen. Ich selbst pflege diesen Ausflug so zu legen, dass ich mich auf den Weg mache, sobald die Straßenverhältnisse es zulassen. Da tausche ich die Rakfisk-Eimer aus. Ich komme mit fünf gereinigten, leeren und nehme fünf aus dem Erdkeller unter uns wieder mit. In den letzten vierzig Jahren habe ich dafür einen alten, einfachen Schneescooter benutzt.

Für eine Woche hier benötigst du sechs Säcke mit Brennholz. Du kannst sie selbstverständlich jeden Winter hierherschleppen, oder du hackst sie dir selbst, hier in der Umgebung. Wie du siehst, bediene ich mich beider Methoden, außerdem ziehe ich es vor, etwas mehr gelagert zu haben. Man weiß schließlich nie, was kommt. Alle jammern, dass sich die Baumgrenze nach oben verschiebt. Mir sagt das zu. Dann brennt das Holz besser. Leg nicht das ganze Holz an die innere Wand, sonst wuseln hier die ganzen Mäuse herum. Lagere etwas unter einer Fichte.

Bei meinem Verbrauch, Kochen miteingerechnet, reichen fünf Liter Propangas fünf Jahre lang, also dürfte es für dich auch ausreichen. Ansonsten solltest du einen halben Liter Teer und einen Liter Leinöl für das Boot mitnehmen. Schreibst du das auf? Du musst dir das aufschreiben. Jetzt ist der richtige Zeitpunkt. Vergiss nicht, dir einen Schneescooter auszuleihen. Kauf dir bloß keinen, krieg nicht die Scootersucht.«

»Scootersucht?«, frage ich.

»Ehe du dich versiehst, trollerst du das ganze Brennholz, einen Zementsack, eine leere Euro-Pallette und sonst was herum, einen Rucksack rauf, eine leere Taschenlampenbatterie runter, einen Müllsack rauf, ein Laken zum Waschen runter, eine neue Käsereibe rauf, du hörst auf zu planen, weil du ohne viel Aufwand immer alles transportieren kannst. Gemütlich, oder? Nach und nach ruderst du nicht mehr selbst, gehst nicht mehr langlaufen, gehst nicht mehr zu Fuß, wirst übergewichtig und steif, frühzeitig ein Greis.«

»Okay.«

»Vor 1965 holten Torleif und ich den Rakfisk mit Pferd und Schlitten. Es war harte Arbeit, weil wir den Pferden ständig den Schnee unter den Hufen rauskratzen mussten. Damals verkaufte ich den Fisch an zwei Hotels in Geilo. Heute versorge ich nur noch meine Wenigkeit und Verwandte. Freunde habe ich ja keine.«

Oh ja, ich erinnere mich. Meine ganze Kindheit und Jugend lang musste ich von Weihnachten bis April Ivars Rakfisk essen.

Vater schmierte ihn auf die Schulstullen, er muss es gut gemeint haben. Mir verging jedoch alles. Mein Rucksack begann zu stinken, und ich wurde gehänselt. Sie nannten mich »Kackfisch«. Seitdem genügt mir ein einziges Rakfisk-Familienessen jährlich, Dankeschön.

Ich schreibe weiterhin alles auf und präge es mir ein, auch als Ivar schon lang nicht mehr spricht. Als alles notiert ist, schlage ich das Buch zu und nicke in Richtung Ivar. Wir haben die letzte Trainingseinheit auf dem See für heute vor uns: Wir müssen die Netze auslegen, bevor die Dunkelheit hereinbricht.

Haarsträubendes Wetter. Der Regen hat alles total klebrig gemacht. Ein feuchtkalter Dunst steigt aus dem Wald und von den Hügeln auf. Ich trockne die Ruderbänke mit einem alten Handtuch, bevor Ivar vorsichtig das Boot besteigt, sichtlich besorgt, auf den glatten Holzplanken auszurutschen. Als er sicher seinen Platz erreicht hat, drücke ich uns ab. Diesmal rudere ich direkt nach Süden, als Ivar, einige Meter bevor wir das erste Netz rausziehen sollen, eine Lektion einschiebt.

»Wieso machst du dein Bett nicht, Jon? Du bringst das Fischerhaus in Unordnung, damit machst du es sowohl für dich als auch mich ungemütlicher. In einem gemachten Bett würdest du besser schlafen. Fängst du nichts, kannst du dich von mir aus in ein ungemachtes Bett legen. Du wirst nie gut in den großen Dingen des Lebens sein, wenn du nicht gut in den kleinen bist, denn sie hängen eng zusammen. Hat dir das niemand beigebracht?«

Ohne zu antworten, rudere ich weiter. Unglaublich dreist und ziemlich unsensibel formuliert, dafür direkt unter die Gürtellinie und persönlich. Seit wann ist es in Ordnung, so mit anderen zu sprechen? Ich nähme mir das niemals heraus. Würde ich Einfluss auf jemandes Verhalten nehmen wollen, würde ich es mit Belohnung, Begeisterung und Verständnis versuchen, nicht mit Zurechtweisung, Beleidigung und der Peitsche. Mir ist danach, Ivar zurückzuverletzen, also brüte ich über einer möglichst gemeinen Retourkutsche. Ivar springt unbekümmert zu einem neuen Thema.

»Odd Blomeset hat's geschafft hier in der Gegend. Er verpachtete die Angelrechte für sowohl den Fiskeløysa- als auch den Svartetjødn-See. Beide sind bekannterweise bodenlos und weisen die schlechtesten Laichbedingungen auf. Odd setzte im ersten Sommer fünf ausgewachsene Fische aus, seitdem fischen die Hüttenurlauber ihm den ganzen Sommer lang im eigentlich leeren Tümpel den Geldbeutel voll.«

Wir nähern uns dem ersten Netzplatz.

»Von hier aus schnurstracks geradeaus«, sagt Ivar und zeigt mir den Weg. Drei Meter vom Ufer entfernt mache ich eine scharfe Wende und drehe den Bug nach außen. Ivar spricht nicht. Wir arbeiten still vor uns hin. Vielleicht beginnt er langsam anzunehmen, dass ich es selbst hinkriegen könnte? Wenigstens läuft das Fischen nach Plan, Schlag auf Schlag,

Netz für Netz. Der Himmel ist dunkel, aber es bleibt niederschlagsfrei. Wir ziehen von der gegenüberliegenden Seite der gestrigen fünfzehn Doppelnetze raus, folgen also Ivars Strategie. Er zeigt und organisiert. Wir wissen beide, was zu tun ist. Ivar hievt die Netze hoch, eine Hand an der oberen, die zweite Hand an der unteren Schnur. Alles passiert auf der von mir aus linken Seite des Bootes, also Ivars rechter, die in der Seemannssprache Steuerbord heißt, wie er nie müde wird mir beizubringen.

Obwohl die Arbeit heute Abend leichter von der Hand geht, dauert die Runde über zwei Stunden. Erst gegen sieben Uhr nähern wir uns dem Fischerhaus.

Mit aufgepumpten Muckis und Schwung rudere ich uns schief in die Bootsvorrichtung. Wäre mir das gestern passiert, hätte Ivar mir eine Standpauke über Inkompetenz und Charakterversagen gehalten, aber nun schweigt er vor sich hin. Hat er vielleicht alles gesagt, was er zu sagen hatte? Dann könnte aus dem restlichen Ausflug ja noch eine ganz nette Reise werden.

Im Wohnraum übernehme ich zum ersten Mal die Verantwortung und bereite uns eine Forelle vor, wälze sie in Salz und Pfeffer, bevor ich sie auf dem Gasherd im Nebenraum knusprig brate. Wir beginnen mit Messer und Gabel zu essen, gehen jedoch schnell zu unseren Fingern über. Ivar verschwendet absolut nichts. Am Ende schlürft und schmatzt er die letzten Reste Fischfleisch vom Skelett, frisst wie eine Katze, sodass zum Schluss nur mehr die blankgeleckten Gräten am Teller liegen. Auch ich esse nun so, jawohl. Wir trinken Wasser aus dem Storsenn. Danach gibt es wieder mal Pulverkaffee, der so widerlich schmeckt wie immer, aber Ivars Lebensgeister weckt. Er findet, wir sollten Kaffee mit Schuss trinken, und gießt aus einer Halbliterflasche Finlandia in unsere Tassen.

»Torleif war ein Abstinenzler, also gab es hier viele Jahrzehnte lang nichts Hochprozentiges. Dieses Jahr sei uns ein kleines Schlückchen also durchaus vergönnt. Prost!«, ruft Ivar und nimmt einen langen, großen Schluck. Nach ein paar weiteren will er mich singen und spielen hören. Ich stimme die kleine Freundin mit den Stahlsaiten und haue ein paar selbst geschriebene Liebeslieder im halben Tempo raus sowie das ernste »Single im Suff« und das eher tragikomische »Allein im Café Friends«.

Danach sieht Ivar mich erstaunt an. Als ich die Gitarre zur Seite lege, sagt er:

»Jon, du solltest Bescheid wissen, dass die Ålinger früher im Tunhovd-See fischten und zwischen uns und dem Skurdalen eine einzige, lang gestreckte Alm lag. Der Aal-Hof war damals der größte weit und breit und lieferte Steuern für über 100 Hummer ab und reichte bis an den Rand der Nes-Gegend. Kannst du dir das vorstellen, Jon? Damals, als Strand und Breie sich von Kvinda und Kulu im Osten bis nach Sundåne und Sangenuten im Westen erstreckten. Vom Stokksenn bis nach Pålsbu. Das müssen Hallingdaler Leute gewesen sein, unternehmungslustig, energisch und mit wachem Geist. Wusstest du, dass der Name vom Wort *alh* kommt, was so viel wie Tempel bedeutet? Hast du eine Ahnung, wer eigentlich im Sundberget ist, Jon? Oder wer sich am Grundstück der alten Stabkirche trennte? Was in Hove in Øvre-Ål geschah?«

Ich musste mich erst mal sammeln. Wovon redete Ivar da? Ich hatte gerade für ihn gespielt, mich angreifbar gemacht. Mein Herz auf den Tisch gelegt.

»Wovon redest du, Ivar? Du warst es, der mich gebeten hat zu spielen, also habe ich es getan, jetzt kannst du dich dazu äußern, wie du es fandest. Du warst doch Juror bei den Landesmeisterschaften?«, antworte ich leicht genervt.

Ivar richtet sich in seinem Stuhl auf.

»Wenn du gute Lieder schreiben willst, musst du zuerst gut denken. Bei dir kommt der Text dem Spiel in die Quere«, sagt er, bevor er noch nachschießt: »Traditionell liegen dem Spiel zwei Richtungen inne – das Treibende und das Nachdenkliche. In unserer Familie meisterten wir immer schon Zweiteres etwas besser. Probier es also gar nicht erst mit dem treibenden Spiel, schon gar nicht mit der Draufgabe des Textes, sonst scheiterst du in Bausch und Bogen. Du hättest gepunktet durch deine Begeisterung, deinen Mut, allein zu spielen, über den Tellerrand zu blicken, etwas Schönes wiederzuerkennen, Mitgefühl zu zeigen, am Horizont zu ruhen, auch mit innerer Stärke. Wer in unserer Verwandtschaft das nachdenkliche Spiel beherrschte, musizierte nicht wirklich, sondern missionierte bestenfalls.«

Er beugt sich vor. Trinkt noch mehr hochprozentigen Kaffee, schaut seitlich zur Glastür und durch den Anbau hindurch, über den Schlossbalkon auf den See. Diese Dunkelheit ist eine absolute. Ivar schweigt. Ich bin sprachlos. Was er da sagt, birgt etwas so Grundlegendes. Nicht leicht zu ändern, denn so ist es nun mal, so bin ich nun mal. In der Kunst und im Leben. Geht Ivar nur mit mir so hart ins Gericht?

Ein bisschen zufrieden bin ich doch. Er hörte zu. Scheint also doch so, als hätte er im tiefsten Inneren etwas Respekt vor mir. Respekt ist wohl der falsche Ausdruck, vielleicht eher Angst. Oder Unsicherheit. Weil das hier neu für ihn ist. Damit kann ich gut leben.

Warum spiele ich eigentlich? Diese Frage stelle ich mir tatsächlich. Früher hörte ich Musik voll großer Sehnsucht, großem Himmel, großer Tiefe, großem Glück, großer Traurigkeit, egal, wie verrückt das Lied war, empfand ich nach dem Hören Zustimmung, ob es nun Chris Isaak, Thåström oder Gunvor Uleberg mit »Rosenfolen« war. Ab und an lasse ich mich auch von solchen Großartigkeiten blenden, Stadiongefühle halten jedoch nie lange an, höchstens während der Konzerte, sind unmöglich mit in die Stube zu nehmen, sie bestehen nur als überwältigende Energie weiter, und die allein reicht ja manchmal schon aus. Um in der Musik sein Glück zu finden, muss man inkludieren, nicht imponieren, höre ich den Liedermacher Hans Petter Gundersen in meinem Kopf sagen. Dieser Grundsatz soll meine Richtschnur sein. Ich komme immer öfter zurück zu dem, was ich für perfekt und nicht perfekt halte, schlampig und menschlich, Lotus und Schlamm, unprätentiös, Risse im Dunkeln. Aktuell finde ich diese Qualitäten in den wenigen Songs von Embla & The Karidotters und natürlich bei J.J. Cale und Michael Hurley.

Solche und noch ganz andere Gedanken schwirren mir in Rekordzeit durch den Kopf, als Ivar wieder anklopft:

»Das Geigenspiel ist textlos. Es ist groß und ruhig und freundlich, es kann wie ein Finger auf der Wange eines Kindes oder der Atem eines kleinen Vogels sein oder aber wie ein früher Maimorgen. Um in der Lage zu sein, Trauer und Tod zu verstehen und sich damit zu versöhnen oder zum Tanz aufzufordern und zu kokettieren, muss man auch verstehen, dass Instrumentalmusik die Natur verkörpert, sie spiegelt den menschlichen Geist wider, man kann sich an ihr anlehnen und daraufhin gestärkt weiterziehen«, meint Ivar und legt noch einmal nach:

»Wo Worte im Weg stehen, geht Instrumentalmusik weiter, und jetzt muss ich die Toilette aufsuchen«, sagt er und trinkt in einem Zug seine Tasse leer. Steht auf und stapft in den schwarzen Abend raus.

Ich versuche seine Schikanen zu ignorieren. Versuche, mich auf das Interessante zu konzentrieren, vor allem auf den Übergang zwischen Grübeln und Religion, den Ivar ansprach. Dass unsere Leute nachdenkliche Musik mit Jesus ersetzten und niemals rhythmische oder schnelle Musik machten. Wussten meine religiösen Vorfahren, dass der Messias nicht über das Sangenuten-Gebirge als großes, wahrhaftiges Licht zu uns herabsteigen würde? Oder glaubten sie doch daran? Oder glaubten sie daran, weil sie es glauben *wollten*? Ist es nicht dasselbe mit Liebesliedern?

Ich singe vom Unerreichbaren, das mich retten, mich mit Glück erfüllen wird. »... erst als du dich zu mir beugtest, war das Codewort korrekt, erst als du mich endlich küsstest, war alles perfekt.« Bis das jedoch passiert, ist alles Elend. »... musstest immer mit Sonnenbrillen rausgehen, hattest Angst, die Leute könnten uns sehen ...«

Chris Isaak drückte es so aus: »Wenn man zum Songschreiben unglücklich sein muss, sollte man lieber LKWs fahren.« Wieso nicht einfach eine Partnerschaft eingehen? Wieso über Sehnsucht schreiben? Ist es, weil die Kunst größer als die Wirklichkeit ist? Die Religion größer als das Weltliche? Wie ist es möglich, die Kunst über das Leben selbst zu stellen? Ich wurde weder mit einer melancholischen Stimme noch traurig oder niedergeschlagen geboren, sondern unbeschrieben und neugierig. Anscheinend hatte ich nicht einmal Angst vor der Dunkelheit, wurde mir zugetragen.

Ivar kommt zur Tür rein. Er stolpert über die Schwelle, hält sich jedoch am Türrahmen fest.

»Und wir, sind wir etwa keine Hallingdaler?«, frage ich ihn, als er sitzt. Diese Vorstellung vom hellen Gemüt der Menschen des Hallingdals und vom nachdenklichen Spiel unserer

Familie sitzt mir tief in den Knochen. Ivar antwortet mir nicht direkt, sagt nur:

»Du bist doch nicht die einzige Künstlerseele unseres Geschlechts, die sich des Schreibens annimmt, Jon. Der verhasste Bruder meines Großvaters, Gunnar, veröffentliche einen Gedichtband namens *Das freie Leben*. In einem Radiointerview des nationalen Senders in den 60er Jahren erzählte er, dass er nicht über die Liebe schrieb, weil er sie niemals erlebt hätte und es ja hieß, man müsse sich auskennen mit dem, worüber man schreibe. Kein Mann in der Gemeinde, und das hielt noch lang so an, hatte, was Frauen anging, von da an so viele Eisen im Feuer wie er.«

Ich leere meine Tasse und mache mich fertig für meine Abendtoilette und das Zähneputzen draußen. Ich wundere mich über so einiges, vor allem, dass Ivar tanzt, obwohl er selbst absolut nicht tanzbare Musik macht. Ich werde mich wohl noch gedulden müssen, denn mit der Musikplauderei hat er für heute wohl abgeschlossen.

Grundgütiger, mit dem Muskelkater in meinen Ruderarmen und den geschwollenen Fingern könnte man fast schon meinen, ich hätte Arbeiterhände. Gut zu spüren, dass ich das Zeug dazu habe, hart zu arbeiten wie mein Vater.

Trotz Ivars Kaffee mit Schuss beruhigen wir uns überraschend schnell. Es wirkt so, als wolle Ivar es für heute gut sein lassen. Er gähnt lang und mächtig und stützt seine Stirn eine Weile mit seinem rechten Arm.

»Arbeitest du gerne als Lehrer?«, fragt er mich, teils desinteressiert, von weit weg, als Pausenfüller oder um das Schlafengehen rauszuzögern.

»Ich konzentriere mich auf meine Karriere und habe mein Liebesleben auf der Prioritätenliste runtergesetzt, auch der Job ist nur eine Stufe auf diesem Weg«, lautet meine Antwort.

»Arbeit vor Liebe, könnte man sagen«, füge ich noch hinzu.

Darauf sagt Ivar nichts.

Ich gehe im Dunkeln raus und atme die Herbstnacht ein. Mehrere Minuten lang stehe ich einfach nur da. Vor einer Stunde teilte der Storsenn sich in der Mitte in zwei. Auf der Südseite färbte er sich silberklar. Auf der Nordseite schien er abendsonnengelb. Gerade spüre ich nur den kalten und harten Wind, der mich aus Westen anbläst. Höre nicht einen einzigen Vogel piepsen. Der Mond versucht sich in der Wasseroberfläche zu spiegeln, aber Storsenn ist zu unruhig. Ich denke an alles, was passiert ist. Nicht nur heute. Ich denke an Fische und Wind, Musik und Anne. An alles, was ich Ivar erzählen könnte. Dass ich aus ihm nicht schlau werde. Was will er von mir? Oder ist das Ganze eigentlich gar nicht so kompliziert? Bin ich es, der es ihm hier schwer macht? Jemand macht es sich jedenfalls schwer, kriegt nicht viel auf die Reihe, grübelt zu viel. Bin ich dieser jemand?

Ich schleppe mich wieder in den Schlafraum.

»Du singst über die Liebe und den Tod«, sagt Ivar von seinem Kissen aus. Endlich hat er es ins Bett geschafft. Ich mache mich auf den Weg in die obere Schlafkoje und steige auf einen Stuhl, um sie zu erreichen. Mein Kopf landet schwer auf dem Kissen.

»Nur über die Liebe und den Tod? Spielst du auf Tor Jonsson an?«, frage ich.

»Er war ein knappes Jahr lang in Ål, arbeitete als Herausgeber des Hallingdølen. Hoffentlich hast du nicht gerade ihn als deinen Leitstern auserkoren, schließlich hat er sich umgebracht«, antwortet Ivar aus der Dunkelheit unter mir.

»Warum hat er sich das Leben genommen?«, frage ich vom oberen Bett aus.

»Jonsson konnte das mit den Frauen nicht richtig bewerkstelligen. Er litt unter Sexualangst«, antwortet Ivar unverblümt.

»Dann starb er vermutlich nicht, während er sich entleerte, wie die Fischmännchen über der Laichgrube«, sage ich und bin mächtig stolz auf meine Schlagfertigkeit.

Der muss gesessen haben, denn Ivar ist für heute stumm.

| DONNERSTAG |

Wer bin ich eigentlich?

Ich habe geschlafen wie ein Murmeltier. Ein Stein auf dem Kissen. Matratzenblei. Traumlos. Keine Erinnerung. Nur eine einzige lange Schlafphase. Beim Aufwachen fühlt es sich so an, als hätte ich mich gerade erst hingelegt. Ich versuche meine Finger auszustrecken. Meine Hände sind wie Klauen.

Ich höre Ivar schon rumoren. Er räumt auf, sortiert Kleidungsstücke, deckt den Tisch. Alles wirkt ziemlich grau, es wird noch nicht mal sechs Uhr sein. Im Zimmer ist es kalt. Ich ziehe meine Decke bis unters Kinn.

So bleibe ich liegen und weigere mich aufzustehen. Da heizt Ivar endlich den Ofen ein. Hatte er womöglich recht? Hegte und pflegte Tor Jonsson nicht seine Donald-Duck-Rolle als Pechvogel, sowohl in seiner Kindheit als auch im Erwachsenenalter? Und wie er das tat und den Absprung nicht mehr schaffte. Das Idyll mit Frau, Haus und Garten bekam er nie gebacken. Sucht Ivar in der Kunst nach Lebensweisheiten?

Ratschläge können Schläge sein, wenn der Berater fragwürdige Kompetenzen aufweist. Wird man zu dem, über den man schreibt? In sein Unbehagen einzutauchen, kann sich lohnen, aber manche scheinen nicht mehr rauszufinden. Hatte sich Jonsson in seinem verirrt?

Ivar hat bisher weder guten Morgen gesagt noch mich zu wecken versucht, also liege ich weiterhin mit geschlossenen Augen im Bett. In meinem Kopf kreisen Gedanken rund um Musik und Jonsson. Muss man in der Kunst Vatermord begehen? Vermutlich ist das für diejenigen, die es ernst meinen, zwingend. Mit den eigenen Idealen abrechnen, um weiterzukommen. Sonst entwickelt man sich nicht, wird kein freier Künstler. Wie immer steckt etwas beunruhigend Wahres in dem, was Ivar sagt, aber ich widerspreche ihm auch, insbesondere darin, dass der Grund für Jonssons Suizid Sexualangst gewesen sein soll. Damit macht man es sich zu einfach. Ivar sieht das aus einer unangemessen männlich hingebogenen Perspektive, aber davon versteht er wohl nicht allzu viel. Nachdem ich *Das Tal dahinter* veröffentlicht hatte, schrieb ein Musikjournalist: »Nach *Das Tal dahinter* scheint die Zeit für Jon Aslesson Aal reif, rauszugehen und zu leben.« Ich las das mit großer Freude, weil es mich tatsächlich erkennen ließ, dass ich nun weitergehen konnte. Alles deutet darauf hin, dass der Mensch die Dunkelheit braucht, das Traurige, die Melancholie, also das Nachdenkliche, denn es muss wohl so sein, wie Mutter immer sagte, dass Schatten Sonnenlicht hervorhebt. Wir werden ruhiger, finden das Gleichgewicht in uns. Durch den Schatten erkennen wir das Licht. Das bringt jedoch wiederum gewisse Hindernisse mit sich, denn nur wir Menschen unterteilen die Welt in Dunkelheit und Licht. Ein Spatz macht das nicht.

Ivar kramt da unten geschäftig herum. Ich bleibe von meiner Decke umarmt liegen. Tue so, als schliefe ich. Hat sich der Mensch nicht immer schon verschiedenster Leidensgeschichten bedient, um mit allem klarzukommen? Sich Schauermärchen gewidmet, weil die Unzufriedenheit zum Leben dazugehört und dementsprechend gemeistert werden soll und muss? Ganz schön fordernd, wenn Künstler im Dunklen bleiben und arbeiten sollen, ohne mit Distanz auf ihr Gemälde blicken zu dürfen. Darin gebe ich Ivar recht. »In Tomas Tranströmer wohnt ein helles Gemüt, das von der Dunkelheit verschlungen wird«, sagte Jan Erik Vold einmal im Radio. Mir gefiel dieser Kommentar, ich fand, dass Tranströmer ein kluger Mensch war. Alles deutet rückblickend darauf hin, dass er es gewesen sein muss, denn er war produktiv und wurde alt. Und die Liebe betreffend, unser zweites großes Thema bei diesem Ausflug, wenn es nach Ivar geht: Vielleicht habe ich auch zu hohe Ansprüche? Weil ich auf eine Frau warte, die Geborgenheit und Wärme schenkt, ruhig und zufrieden mit sich ist, die mich in meinen Zielen unterstützt, mir guttut, die geduldig und aufopfernd handelt, an mich glaubt. Geht es mir gut, geht es ihr gut. Eine, die schon etwas erlebt hat, stark und unabhängig ist, sicher mit beiden Beinen im Leben steht, bei mir, mit mir. Sind diese Wünsche zu viel verlangt? Mir wird immer klarer, was ich mir vielleicht zu spät eingestehe: Ich warte auf Henrik Ibsens Solveig. Bin ich eine Art Peer Gynt?

»Das Gegenteil von gut ist gut gemeint«, verlautbare ich aus der oberen Schlafkoje, bevor ich mich aufsetze und auf den Boden schwinge. Kalte Füße. Ich ziehe mir Socken und auch gleich den Rest meiner Kleidung an.

»Darüber solltest du mal ein Lied schreiben«, antwortet Ivar in überraschend entgegenkommendem Ton.

Ich gehe raus. In der Nacht muss es Frost gegeben haben. Fällt die Temperatur auf null Grad, kann alles passieren. Am einen Tag Sommer, am nächsten Winter. Die Ruderbank und die Steine am Ufer bedeckt eine hauchdünne Eisschicht. Steife Grashalme. Der weiche Hügel ist nun hart. Kälteschönheit. Ich spüre meinen Widerwillen, wäre es nicht besser, jetzt einfach drinnen zu sitzen und zu heizen? So etwas vorzuschlagen, brächte rein gar nichts. Ivar würde vermutlich lieber sterben, im Boot festfrieren, als die nächsten Tage nicht fischen zu gehen. Aufhalten kann uns einzig und allein starker Wind oder der plötzliche und schnelle Tod, wie Ivar es ausdrücken würde. Ich gehe rein zum Ofen.

Nach dem Morgenkaffee und einem ersten Frühstück sitzen wir ohne Umschweife im Boot. Das dünne Eis bringt Herausforderungen mit sich. Wir kratzen und wischen es weg. Aufgrund unseres doch beträchtlichen Fanges gestern, sind Ivar und ich einigermaßen aufgeregt, als ich uns ins Wasser schiebe, doch als die ersten drei Netze leer zurückkommen, wird die Stimmung im Boot angespannter und zäher. Nach dem dritten Netz geht es endlich los, der erste Fisch hängt im vierten, doch es geht kläglich weiter. Alles im Boot zieht uns runter. »Peinliche Angelegenheit. Ich würde mich nicht trauen, jemandem zu erzählen, wie wenig Fisch wir hier fangen«, gesteht Ivar. Der Ertrag beeinflusst ihn. Die Menge an Fisch macht aus, welcher Mensch er ist. Seine Stimmung korreliert mit dem Gewicht der Wanne. »Man wird glauben, wir seien Kinder.«, »Die Leute werden uns für verrückt halten.« Er lässt seinen Frust auch schamlos an mir aus: »Findest du das etwa angenehm? Mir fallen auch einige Leute ein, mit denen ich jetzt lieber hier wäre. Das Glück scheinst du beim Fischen in der Tat nicht gepachtet zu haben.« Eine Lektion und Stichelei nach der anderen. Ivar bewältigt die Fangniederlage durch Jammern und Beleidigungen. Dass in den letzten drei Netzen einiges besser zu sein scheint, bringt keine merkliche Entspannung. Auch ich bin jetzt deprimiert, nicht wegen des mickrigen Fangs, sondern weil Ivar so knatschig ist. Ich sehne mich nach dem Fischerhaus, will einfach nur die Fische ausnehmen und alles sauber machen. Drinnen beim Ofen sein.

»Hier tut sich was«, ruft Ivar. Er steckt mitten im letzten Netz, als er eine dunkelbraun-tiefrote Forelle über das Dollbord hievt. Sie muss wohl mindestens ein Kilo wiegen.

»Den nehmen wir gerne!« Ivar schwingt den Tod und befreit den Fisch gekonnt aus dem Netz. Er hält mir die Forelle entgegen.

»Hart wie ein Brett. Eine prächtige Breite über der Schwanzflosse. Eine Stirn wie ein Ochse. Eine riesige Fettfinne. Kriegerfarben, bereit für den Kampf an der Laichgrube.«

Wir rudern heimwärts. Muss hübsch anzusehen sein. Aus der Ferne. Vom Gebirge aus. Vom Himmel aus. Ein Holzboot gleitet über einen schwarzen Spiegelsee, an den Ufern von weißen Ästen umrahmt, krumme Bergbirken und Fichten stehen idyllisch Spalier. Sobald die Sonne aufgeht, schmilzt das Bild. Dieses Motiv bleibt in meinem Kopf hängen. Wir reden nicht, denn wir haben uns nichts zu sagen.

Ich erreiche unsere Bootsanlegestelle im Fischerhaus und helfe Ivar an Land. Die Netzwannen decke ich mit weiteren umgedrehten leeren Wannen ab. Vermutlich schleichen hier einige animalische Lustwandler herum, denen eine leichte Beute gelegen käme.

Wir haben sieben Kilo, noch nicht ausgenommen, nichts, womit man angeben könnte, bis auf den beträchtlichen Aufwand von fünfzehn Doppelnetzen. Zum Trost frühstücken wir kaiserlich. Ei, Fisch, Kaffee und der gute Käse, alles liegt für uns am grünen Tisch bereit. Mir geht es gut, weil wir so wenig miteinander sprechen, da kann es auch kaum Beleidigungen hageln.

Der Frost und der kalte Morgen bleiben bis in den Vormittag. Danach schlägt das Wetter um. Milder, trockener Wind kommt auf. Um zwölf ist der Schnee verschwunden. Die Wolken navigieren um die Sonne. Die Netze trocknen im Handumdrehen, sodass wir sie wieder in die Zinkwannen legen können, bereit für eine weitere Fangnacht.

Vom Ausnehmen und Einsalzen habe ich nun mehrere kleine Wunden an meinen Händen, mein Körper und meine Finger fühlen sich windelweich gedroschen an. So ähnlich muss es wohl auch Ivar gehen, denn wir verbringen einige ruhige Stunden miteinander. Das Einzige, was wir gemeinsam machen, ist Maß nehmen für einen neuen Ortgang und neue Windbretter. Ivar wird im Winter wieder Material anliefern, schließlich holt er ja ohnehin die Rakfisk-Eimer ab. Ansonsten faulenzen wir. Ich döse und schlafe ein. Schlafe und schreibe mir im blauen Notizbuch Gedanken auf.

Niemand wartet auf uns. Wir sind nun die, die warten. Auf Rückenwind und Unternehmungsgeist.

Als wir nachmittags die Netze auslegen, ist alles heller. Wald und Hügel sehen anders aus, trocken und einladend. Gegen halb fünf sind wir abfahrbereit. Ivar will heute Abend alle Netze auf der Westseite anbringen. Ich rudere quer über den See, mit warmem Wind im Rücken. Man hat hier nicht oft Ostwetter, aber heute haben wir die Ehre. Alles läuft wie am Schnürchen, wir spulen unser eingeübtes Programm ab und werfen die Doppelnetze aus. Die Wärme hält bis zum Abend an, und der Wind steigert sich ziemlich abrupt, bald legt er richtig los. Durch und durch ein Kampf. Ich mühe mich ordentlich ab, um das Boot und die Netze beim Auslegen in die richtige Position zu bringen. Trotz allem kriegen wir es zügig hin.

»Es geht rasch, weil wir die Netze so sorgfältig präpariert haben. Willst du es im Leben zu etwas bringen, musst du allzeit bereit sein. Das gilt für alle Lebensbereiche«, verlautbart Ivar, während er das letzte Netz auslegt.

Die Heimfahrt zum Fischerhaus ist lang und beschwerlich. Mitten durch den Gegenwind. Als wir endlich ankommen, ist es bereits dunkel. Ich kann meine Hände nicht mehr ausstrecken. »Ich weiß, was du denkst, aber du solltest hier niemals mit Motor fahren. Du solltest kämpfen, deine Kraft einsetzen, deine Arme, Bauchmuskeln, deinen Rücken und deine Beine spüren. Weil es dir guttut. Wenn du das Rudern nicht mehr schaffst, soll jemand anderes für dich rudern. Wenn du es nicht mehr zum Storsenn schaffst, sorgst du dafür, dass andere für dich herkommen und alles erledigen«, meint Ivar und kriecht auf allen vieren an Land.

Ich manövriere das Boot unters Dach und mache es fest. Müde von der Fahrt, heftig atmend vom ständigen Wind.

Als wir an der Tür zum Schlafraum ankommen, kündigt Ivar plötzlich etwas an: »Wenn es morgen nicht allzu windig ist, kann ich rudern, sodass du die Netze auswerfen kannst. Auch das musst du dir aneignen.«

Ein überraschend empathischer Zug Ivars.

Dann gibt es wieder mal gebratenen Fisch, der auch heute wieder schmeckt. Die Kochverantwortung übernehme ich. Wir verputzen alles, samt Haut und Fischfleisch, nur die Gräten bleiben liegen. Nach dem Abendessen packt Ivar wieder den Schnaps aus. Anscheinend hat er gestern Blut geleckt, aber auch mir sagt Kaffee mit Schuss durchaus zu. Mir wird obenrum rasch warm, das Blut rauscht nur so. Das Gespräch lässt sich an. Mit je einer Tasse in Händen sitzen wir am Schlossbalkon. Eine so positive Atmosphäre wie jetzt gab es zwischen uns noch nie. Wir lassen unsere Blicke schweifen und trinken. Gegen acht Uhr ziehen wir wieder an den grünen Tisch, in die gemütliche Ofenwärme. Sowohl unsere Stimmen als auch unsere Stimmung heben sich einen Tick, in Tonfall und Lautstärke und vielleicht auch den Inhalt betreffend. Gemütlich, aber dann nähern wir uns der Zehn-Uhr-Grenze, und als ich von meinem letzten Toilettengang zurückkomme, jagt Ivar mir einen ganz schönen Schrecken ein. Er sitzt komplett steif am Tisch und sagt kühl: »Wo bin ich hier?«

»Weißt du nicht, wo du bist?«, frage ich sichtlich erschrocken.

»Nein.«

»Du bist Herbstfischen mit deinem Neffen Jon.«

Ivar schweigt und schaut sich im Zimmer um.

»Wir befinden uns gerade im Fischerhaus, das dein Großvater gebaut hat, um das du dich schon lang kümmerst. Es spricht vieles dafür, dass ich mich in Zukunft um Storsenn und das Fischerhaus kümmern werde.«

»Ah, ja«, antwortet Ivar sichtlich verwirrt.

Er sieht aus, als sei er weit, weit weg. Ich bekomme es mit der Angst zu tun. Wird er etwa gerade verrückt?

»Aber wer bin ich *eigentlich*?«

Ich will aufstehen und gehen. Ich will nicht an einem abgelegenen See mit einem alten Mann sein, der nicht weiß, wer er ist. Ich taste mich vor:

»Nimmst du mich auf den Arm, Ivar, oder schnappst du über? Spielen wir hier ein existenzialistisches Spiel, oder hast du den Verstand verloren?«

Er schweigt und starrt mit leerem Blick das Zimmer an, fixiert jedoch keinen bestimmten Punkt.

»Du bist mein Onkel, Ivar Helgesson Aal. Du bist beim allherbstlichen Fischerausflug mit deinem Neffen Jon, das bin ich. Wir packen jetzt ganz in Ruhe unsere Sachen zusammen und spazieren nach Hause. Alles wird gut, auch wenn es dunkel ist. Mit unseren Taschenlampen kommen wir sicher zum Auto und wieder ins Dorf. Atme einfach tief ein und aus. Es wird schon vergehen. Schließlich vergeht immer alles. Finde ich ganz tröstlich, dass alles vorübergeht. Oder?«

»Aber weißt *du* denn, wer *du* bist?«, fragt Ivar zurück. »Denkst du nur, du lebst, oder lebst du wirklich? Vielleicht ist alles nur ein Traum?« Ivar beginnt zu strahlen, grinst sogar.

»Da habe ich dich aber an der Nase herumgeführt!«, kommentiert er zwischen zwei lauten Lachern.

»Kein feiner Zug von dir. Ich gehe ins Bett«, antworte ich, leise und ungläubig.

»Ach, komm. Bevor wir den Tag beenden... Bist du nun Musiker oder nicht? Du musst es wagen, dem Unbehagen ins Auge zu blicken, mit Ernsthaftigkeit und Offenheit. Das ist der springende Punkt in der Musik. Das Lied ist wichtiger als der Musiker. Im Leben musst du ein Forscher sein. Dich trauen, etwas zu Ende zu bringen. Offen dafür sein, dass Gefühle dich davontragen können. Also musst du jetzt für mich spielen.«

»Du bist echt unglaublich, Ivar«, antworte ich eher erleichtert als sauer und hole meine Gitarre.

»Zwei Lieder, dann gehen wir ins Bett«, stecke ich den Rahmen ab und beginne mit dem Depri-Lied »Zuhause mit Hund«, mache weiter mit dem beschämenden »Prahlerei und Lüge«, bevor ich mein Miniset mit der Revuenummer »Tankstelle Country« abrunde.

Ivar schweigt, hört jedoch so aufmerksam zu, dass ich gerne für ihn spiele. Er sitzt nach vorn gebeugt, sein Kinn auf die Hände gestützt und schaut mich direkt an. Verzieht keine Miene. Ich lasse es gut sein und lehne die Gitarre wieder an die Wand. Wir genehmigen uns noch ein Gläschen. Und noch eins. Kein Kommentar zu den Songs. Plötzlich singt Ivar einige Zeilen, ich tippe darauf, dass es ein Volkslied in der altnordischen Kveding-Tradition ist: »... du denkst wohl, dein Ruf hat keinen Bestand, dein Lebenswerk wird alsbald verkannt. Du denkst wohl, dass ich dich vergess', ich trag dich in meinem Herzen unterdess'«, trällert er heiter.

Danach verschwimmen die Bilder des Abends. Leider höre

ich nicht zu trinken auf. Ivar gibt gut gelaunt immer wieder Liedchen zum Besten. Irgendwann reicht es mir dann doch, und ich falle ins Bett.

Es wird eine schauerliche Nacht mit unfassbarem Chaos im Kopf, oder ist es alles doch ein Traum? Jemand überfährt vor dem Riesenladen von Biltema eine Katze. Jemand legt die Katze in eine blaue Biltema-Tüte. Eine ältere Dame nimmt die Biltema-Tüte. Sie schaut nicht rein, hebt sie einfach auf. Geht in ein Restaurant und schaut dort in die Tüte. Fällt in Ohnmacht. Ein Krankenwagen kommt. Man legt die ältere Dame auf eine Trage. Das Rettungspersonal legt ihr die Biltema-Tüte auf den Bauch und fährt weg.

Mehr als zwei bis drei Stunden Schlaf bekomme ich nicht ab. Kriege vage mit, dass Ivar einmal rausgeht, ansonsten bemerke ich wenig Leben in der unteren Schlafkoje. Ivar liegt regungslos mit der Decke unter dem Kinn und seinen gestrickten Fäustlingen an den Händen unter mir. Ich wache ständig auf und schlafe wieder ein, im Dämmerzustand mit Herzklopfen und kaltem Schweiß, winde mich in meiner Finlandia-Pfütze, muss dreimal aufs Klo, beim zweiten Austritt begrüßt mich das gesamte Vogelorchester, auch wenn es noch gar nicht hell ist. Es zwitschert und tiriliert von allen Seiten aus allen Birken, wie eine desorganisierte, gut gelaunte Vollversammlung, Vögelchen wuseln am Boden und im Gebüsch. Schlafen Vögel nachts nicht? Ich wusste gar nicht, dass es an frühen Herbstmorgen Vogelgezwitscher gibt …

| FREITAG |

Der toughste Bauernbursche,
den die Welt je gesehen hat

Erst in den Morgenstunden komme ich zur Ruhe. An einem gewöhnlichen Tag wäre ich aufgestanden. Jetzt gilt es nur noch nachzugeben. Langsam senkt sich der Schlaf über unser Zimmer.

Ich wache erst gegen neun Uhr auf. Als ich mich aufsetze, pocht mein Schädel und mir ist übel, ich wanke durch die Tür und übergebe mich ins Heidekraut. Danach sitze ich erschöpft auf der Außentoilette, lange, bevor ich mir die Klamotten vom Leib reiße und in den Storsenn hüpfe. Das Wasser wirkt vom Land aus verlockend, die reinste Schärenidylle, drinnen ist es aber einfach nur eiskalt. Trotzdem das beste und einzige Heilmittel. Vor lauter Kälteschock bekomme ich Schluckauf und zwinge mich mehrmals, unterzutauchen. Als ich mich an Land kämpfe und anziehe, fühle ich mich tatsächlich besser.

Drinnen bewegt Ivar sich in Zeitlupe. Es geht kaum voran. Allein die Hemdknöpfe kosten ihn eine Ewigkeit seiner Lebenszeit. Auch zum Aufstehen braucht er eine endlos wirkende Weile. Heute läuft es außerdem mit seiner Frisur nicht so rund wie sonst, Ivar muss seine Haare auf ihren angestammten Platz zwingen. Das Ganze hört sich an, als rücke er einen Leinensack voller Stroh zurecht oder reche Trockenfutter zusammen. Es endet damit, dass ich Frühstück mache, Eier, Fisch und Kaffee, wie immer. Geht klar, etwas anderes will ich gar nicht. Ivar sitzt bleischwer am Tisch und schaut mir dabei zu. Vor ihm steht seine Kieskanne, in der er gemächlich seine Gichthände behandelt.

Es ist schon fast elf Uhr, als wir ans Westende des Sees rudern, um die Netze einzuholen. Ivar sitzt wie eine Statue im Boot. Rührt sich nicht. Trotz der frischen Bergluft bleibt sein Gesicht grauweiß. Das rauschende Fest gestern hat seinen Preis. Zu lang, zu alkohollastig. Mir ist übel, und abrupt und unkontrollierbar plagen mich Hitzewallungen. Ich komme an der langen Landspitze vorbei. Weiterhin kaum Dialog. Apathische Bergfischer auf Nahrungssuche. So verläuft die gesamte Überfahrt. Alles ist schwer. Gut, dass Torleif uns nicht sehen kann. Undenkbar, dieses Spiel jeden Morgen zu spielen.

Ivar zieht mit seiner rechten Hand mechanisch die Boje raus. Es ist klar erkennbar, dass er Rückenschmerzen hat. Das erste, zweite und dritte Netz bleiben unkommentiert.

»Schau mal einer an«, sagt er und löst fünf Forellen aus Netz Nummer vier. Der Lichtblick des Morgens ist definitiv das Fangvolumen, denn es läuft um einiges besser als gestern. Sechs Fische im nächsten, alle über ein Pfund schwer, und der Trend hält an. Die Wannen füllen sich mit Fisch. Ich merke, wie unsere Stimmung steigt. Ivar wirkt sanftmütiger und weicher. Auch ich fühle mich leichter; bei so viel Fisch rudert es sich gleich umso besser. Am Ende kommen wir auf weit über 20 Kilo, wenn auch noch nicht ausgenommen. Obwohl einige der Fische tot im Netz liegen, vermutlich weil sie den ganzen Morgen über schon festhingen, sind alle genießbar. Ivar befestigt das letzte Netzende am Wannengriff. Ich rücke mir die Ruder zurecht und fixiere mit meinen Augen eine Birke an meinem Ziel. Inzwischen kenne ich mich aus. Ich habe vor, ein paar Meter nördlich der kleinen Insel vorbeizurudern und das Fischhaus am anderen Ende des Sees zügig zu erreichen.

Die Überfahrt fällt leicht, bis ich zwischen zwei Ruderschlägen direkt auf etwas stoße. Ein lauter Knall, das Boot kippt nach hinten, und der Bug ragt nach oben, bleibt kurz in dieser Position stehen und gleitet seitlich wieder ins Wasser. Die ganze Aktion passiert schnell und verläuft eigentlich undramatisch, aber ich fahre zusammen, und mein Puls steigt, weil ich das wirklich nicht habe kommen sehen.

»Tja, diesen Stein habe ich wohl vergessen zu erwähnen, aber nun kennst du ihn ja. Wie du bemerkt hast, liegt er direkt unter der Wasseroberfläche«, kommentiert Ivar trocken.

Ganz entspannt sitzt er dahinten und wirkt nicht so, als hätte er die Situation als bedrohlich eingeschätzt. Fürchtet sich kein bisschen vor dem Kentern.

Ich rudere weiter. Denke daran, dass ich auch heute sicher am anderen Ufer ankommen werde, dass ich Fortschritte mache, dass ich die Ruder mehr denn je im Griff habe, dass ein Stein unter der Wasseroberfläche mich nicht aufhalten kann, dass egal, was Ivar sagt, egal, wie gut die Lieder sind, die ich schreibe, egal, wie lang Tor Jonssons Gedichte gelesen werden, dieser Stein mitten im See einfach immer da sein wird. Es mag frustrierend sein, ist jedoch vor allem gut, wie es ist. Denn die Hochebene, der heiße Sommer, die dunkle Erde, der Abendregen, die Morgensonne, die Berge, der raue Wind, das fallende Laub, das kalte Licht, der Vorfrühling, der Nachthimmel, der Spätwinter, Storsenn und der Wald sind Gott. Den Stein kümmern Licht und Dunkelheit genauso wenig wie nachdenkliche oder treibende Musik. Ich rudere wie nie zuvor.

Der überraschend erfolgreiche Fang und wahrscheinlich auch unsere Begegnung mit dem Stein machen Ivar munter. Auf dem Nachhauseweg zeigt er sich als der Ivar, den ich bisher kennengelernt habe. Er bekommt wieder Farbe im Gesicht, sein Kater verschwindet, und plötzlich plappert er wieder pausenlos über alles Mögliche. Über Feierkultur, schwer verständliche Süßwasserökologie und Ernte.

»Zwischendurch darf man sich ein kleines Fest gönnen. Es geht einem so viel besser, wenn man es sich gut gehen hat lassen.«

»Mhm«, murmle ich außer Atem.

»Das Einzige, was wir sicher über den Lebensraum unter Wasser wissen, ist, dass er ein Rätsel bleibt«, fährt er fort.

»Na, dann«, antworte ich, weiterhin rudernd.

»Entweder gibt die Natur zu viel oder zu wenig«, vertieft er.

Ich höre nur halb zu, habe genug mit mir selbst und den Rudern zu tun. Irgendwann steige ich aber wieder aufmerksamer ein, denn Ivar beginnt sich dahinten in was reinzusteigern. Es geht immer mehr um mich und mein Selbst. Lange Tiraden schwappen über den Dollbord, um mich zurechtzustutzen, mir meinen Platz aufzuzeigen, mich zu verletzen, um mich daraufhin, vielleicht, da bin ich mir aber absolut nicht sicher: wieder aufzubauen, als gestärkten und neuen Menschen. Ivars Haltung wird immer aufrechter, seine Strickfäustlinge wirbeln durch die Gegend wie bei einem Dirigenten.

»Ausgehend von dem, was ich durch deine Musik und deinen Anblick über dich erfahre, geht es dir nicht besonders gut, Jon. Du hast wohl einiges missverstanden«, sagt Ivar, während er auf seiner Styroporplatte vor- und zurückrutscht. Auf der Suche nach der besten Schießposition.

»Du kommst als Künstler vermutlich durch, aber etwas Großes wirst du niemals erschaffen können. Dafür müsstest du dir zweierlei aneignen: gute Kunst und die Kunst des Lebens zu beherrschen. Dein Instrument und das Spiel des Lebens zu kennen. Du versagst in beiden Disziplinen. Zu einem guten Leben gehören Gemeinschaft und Beziehung zu anderen.

Willst du als Künstler langfristig erfolgreich sein, musst du ein normales bürgerliches Leben führen, mit allen Verpflichtungen und der Verantwortung, die dazugehört. Den künstlerischen Anspruch in der Musik betreffend, so kann innerhalb einer Generation reichlich Talent vorhanden sein, in der nächsten verschwinden und in der folgenden wieder auftauchen, doch darauf kann man sich nie verlassen. Immer wieder trifft man diese faulen Hunde unter den Musikern, die denken, eine Gabe zu besitzen. Sich irgendwie durchwursteln. Schmettern und schlurfen. Glauben Musiker zu sein, doch im tiefsten Inneren spüren und wissen alle, die sie sehen und hören, dass hier der Wunsch Vater des Gedanken sein muss. Aus ihnen würden wohl besser hingebungsvolle Zuhörer, denn auch unter diesen gibt es erfolgreichere und nicht so begabte. Großonkel Anders zum Beispiel, der war immer schon ein Geigenspieler von solidem und gefühlvollem Ton. Obwohl er sieben Kinder hatte, gab er sein Talent keinem seiner Nachkommen weiter. In unserer Linie galt das Spiel stets als ruhig und weich. Das unterscheidet uns grundlegend von anderen. So drücken wir die Gefühle derer aus, die in den Bergen leben.«

Der Wortschwall verebbt. Mein Atem stockt in meiner Kehle. Ich weiß, dass ich in der Lage bin, ruhig und in einem Zug über den Storsenn zu rudern, doch gerade jetzt fällt es mir schwerer als erwartet, besonders während ich mir sagen lassen muss, dass ich weder mein Leben noch die Musik verstehe und im Griff habe. Ich schlucke es runter. Keine Wutausbrüche oder Gefühle meinerseits mehr. Diese Freude mache ich Ivar nicht.

»Wie sieht dieses Gefühlsleben unserer Leute eigentlich aus?«, werfe ich gekünstelt schüchtern ein.

»Es ist ein ruhiges und abwartendes, fast scheues Spiel. Zurückhaltende Kraft und subtile Eleganz«, sagt Ivar mit seiner inzwischen wieder weniger manischen Stimme.

Vielleicht ist ihm die Energie ausgegangen. Hoffentlich.

»Auf mich wirkst du weder zurückhaltend noch schüchtern, und schon gar nicht immer elegant«, versuche ich es frech, aber mit einem höflichen Lächeln. Ich steuere die Zielgerade auf das Fischerhaus an und lege mich noch mal richtig ins Zeug.

Ivar findet den Kommentar nicht lustig, lächelt nicht mal, sondern teilt einfach weiter aus.

»Willst du Musiker sein, musst du Sinn für Form haben und gleichzeitig jedes Mal unterschiedlich spielen können. Gefühle machen das Spiel aus, nicht bevormundend ausbuchstabierte Texte. Du wirst vermutlich noch wissen, dass dein Urgroßvater ebenfalls Musiker war, wie alle anderen auch. Wenn er ein Lied auf seine Weise spielte, war es kein Lied, das der große Tor spielte, sondern ein Lied, dessen Stimmung der große Tor einfing und weitergab.«

Nur noch ein paar hundert Meter, dann sind wir da. Ich drücke auf die Tube.

Ivar erzählt von damals, als Vaters Schwester Kristi auf Heimatbesuch in Aal war und Ivar den traditionellen Springar

»Margjit Fly« spielte. Kristi brach in Tränen aus und schluchzte: »Das darfst du nie mehr spielen!«

»Wieso hat sie geweint, Jon? Darüber solltest du mal nachdenken. Sehnte sie sich nach ihrer Jugend und Tanz oder etwas anderem? Am Text kann es nicht gelegen haben, darauf kannst du Gift nehmen, ›Margjit Fly‹ ist schließlich ein Instrumentalstück.«

Ich rudere so schnell ich kann. Ivars Monolog schießt mir Adrenalin ins Blut. Im Augenblick fühlt es sich so an, als könnte ich locker mehrmals den ganzen See überqueren.

»Ich habe ein Bild von dir in der Hallingdølen gesehen«, schießt Ivar nach. »Glaubst du eigentlich, du seist der toughste Bauernbursche, den die Welt je gesehen hat? So wirkt es nämlich auf mich. Du bist ständig mürrisch, doch wen wundert das? Deine Musik drängt nach außen, und es mangelt ihr an Kunstfertigkeit. Eine schreckliche Kombination.«

Nicht genug damit, dass sich im Osten Gewitter zusammenbrauen und mir auf den letzten Metern noch Gegenwind einen Strich durch die Rechnung macht. Die Ohren schlackern mir nur so, weil der liebe Herr Richter so ordentlich austeilt. Auf allen Ebenen und über alles Mögliche. Ausgefuchste Beleidigungen über intime und allgemeine Züge meines Wesens und meiner Person, meiner Musik und meiner Texte. Als Kernaussage verfestigt sich, dass Musik Menschen zusammenbringt und Leid und Freude so ausdrückt, dass Menschen überall auf der ganzen Welt dasselbe durch sie spüren. Und das könne nur *ohne* Text geschehen. Durch Text und Reim zwänge ich die Gedanken der Zuhörer in eine bestimmte Richtung, darum könne es keine große Kunst sein, denn die Leute würden der Möglichkeit beraubt, selbst zu denken.

Und was das zweite Thema angeht, die Kunst, ein gutes Leben zu führen. Tja, auch diesbezüglich ist Ivar bombensicher, es brächte mir also gar nichts, darzulegen, dass ich meine, ein gutes und geglücktes Leben bestehe darin, so gut wie möglich zu sein und zu handeln. Es glückt in der Abwesenheit von Schmerz. Es glückt, wenn man sich anständig verhält. Es glückt im Pflichtbewusstsein. Es glückt, wenn man sich immer wieder ein klein wenig verbessert, egal ob das für einen selbst große oder winzige Schritte sein mögen. Es glückt schlicht und ergreifend, wenn man schlendern oder abends lang lesen kann. Es glückt, wenn man hier lebt und Lebensmittel von hier isst. All das kann ich spüren. Somit erfülle ich Ivars Erwartungen an ein geglücktes Leben. Für ihn muss es aber noch mehr geben: Ihm fehlt bei mir die Selbsterkenntnis, der Erfolg, das reibungslose Zusammenleben mit Frau und Kindern, er will, dass ich praktischer, ausdauernder, musikalischer, ordentlicher und beherrschter bin.

Wir sind an Land. Wie im Lehrbuch gleitet das Boot in die Slip. Als ich die Ruder ins Boot hebe, spritze ich Ivar absichtlich nass. Ich entschuldige mich nicht. Rasch hieve ich die Zinkwannen und alles Drumherum raus. Am liebsten würde ich Ivar sich selbst überlassen, doch dafür bin ich zu nett, also reiche ich ihm schnell meine Hand und helfe ihm aus dem Boot. Ich bin wütend auf mich selbst, weil ich es nicht schaffe, diesen Ausflug zu genießen und darüber zu lachen. Aus der Ferne betrachtet könnte ich Ivar und all das hier als ein Abenteuer sehen, doch ich nehme alles persönlich und ernst. Ich will Lob und Resonanz, ich will, dass er mir auf die Schulter klopft. Wann werde ich endlich erwachsen?

Nach einer schnellen Brotzeit holen wir die Fische raus und hängen die Netze an Leinen auf, die zwischen zwei Fichten gleich hinter dem Fischerhaus gespannt sind. Ein toller Anblick. Die letzten Tage legten wir die Netze einfach in die Wannen, jetzt drehen und richten sie sich im Wind auf. Danach nehmen wir die Fische aus. Jeder von uns sitzt auf seinem eigenen Stein am Steg. Nicht gesäuberte Fische in die eine, ausgenommene in die andere Wanne, die Innereien in einen Eimer. Nachdem der Nierenschlauch rausgeschnitten und seine Reste weggeschabt wurden, machen wir uns an unser eigenes Essen. Ich habe alle Schnitte gelernt und verstanden. Irgendwann werde ich die Kunst des Ausnehmens endgültig beherrschen, nur nicht heute. Heute gilt es nur, mit brutalem Tempo voranzukommen, fertig zu werden, seine Ruhe zu haben. Wir beschweren die Innereien mit Steinen, tragen den gesäuberten Fisch in den Anbau auf die Stahlbank. Streuen ein Salzbett, halten Wasser und Küchenpapier bereit und stapeln die Fische mit den Bäuchen nach oben. Die Innereien werfen wir in ein Loch neben einem Felsen, der Gestank von Verdorbenem schlägt uns entgegen. Die stinkende Höhle verschließen wir mit Moos und einer Steinplatte, damit nicht alles von Tieren auf den Kopf gestellt wird.

Die Plusgrade ziehen an und klettern von den Minusgraden gestern Nacht auf bis zu elf Grad heute tagsüber. Plötzlich wimmelt es im Fenster nur so vor riesigen, fetten Fliegen.

»Was ist da los? Sollen wir Wollpullover und Skiunterwäsche wieder einpacken? Im schlimmsten Fall müssen wir das Fischen um einen Monat verschieben. Purer Wahnsinn ist das, außerdem bringt es nichts, hier zu sein, wenn der Herbst immer wärmer wird. Storsenn wird zu einem Whirlpool, sodass die Fische am Boden bleiben und die Wanderung nicht in Gang kommt. Gelaicht wird auch nicht. Alles wird ausgesetzt«, seufzt Ivar.

»Gestern warst du noch ziemlich zufrieden. Nach einer warmen Nacht glaubst du, alles würde sich umstellen. Findest du das nicht ein bisschen voreilig?«, frage ich ihn direkt.

Er antwortet nicht.

»Kannst ja ein Lied darüber schreiben«, sagt er etwas verzögert.

Er legt sich auf die ordentlich auf seinem Bett ausgebreitete Decke. Streckt und dehnt sich, so gut er kann.

Die Blockbauwände machen den Raum kühl. Sogar als die Sonne ihre ganze Kraft unter Beweis stellt, bleibt es drinnen frisch. Ist es kalt, hält der Blockbau die Wärme. Außerdem ist es hier mäusefrei. Ivar kümmert die Außenwelt nicht. Er ruht sich mit offenen Augen aus. Schläft er? Ich lasse unser letztes Gespräch nachklingen. Wer schreibt schon Lieder, wenn das Klima kollabiert und Pandemien herrschen? Nichts ist mehr interessant, wenn der Laichbach vertrocknet und der See leer ist. Wer spielt noch, während das Haus brennt?

»In diesem Fall muss es dann wohl ein Lied ohne Text sein«, sage ich leise, eher zu mir selbst als zu Ivar, aber er versteht mich trotzdem.

»Ein Lied kann klein oder groß, freundlich oder hektisch sein, es beginnt und endet. In dem Moment, in dem ein Sänger seine Klappe aufmacht und etwas von seinem begrenzten und verwirrten Geist preisgibt, verpufft die gesamte Magie. So wird die Musik nur einem zugänglich, und das ist der Sänger selbst. Stattdessen muss der Zuhörer trainiert und in der Lage sein, alles zu interpretieren, sonst bleibt ihm nur, sich verdattert und eventuell verschreckt abzuwenden.«

Ich ziehe mich auf den Balkon zurück, wo es unglaublich heiß ist. Die Sonne brennt mir heftig ins Gesicht. Ich lehne meinen Kopf an der Wand an. Die warmen Strahlen dringen sogar durch die Hose. Ich kann nicht aufhören über das nachzudenken, was wir vorhin besprochen haben. Soll es weiterhin Lieder geben über Sonne und Urlaub, Identitätskrisen und trockene Kopfhaut, Skifahren und Autofahren, Ausflüge und emotionale Auswüchse. Ist es ratsam, nach vorn zu schauen, sich infolgedessen mit der Situation abzufinden, die zugegebenermaßen ja eine traurige ist. Und diejenigen, die auf dem sinkenden Schiff immer noch singen und tanzen, obwohl sie wissen, dass die Wälder sterben, haben sie aufgegeben? Das Einzige, was da noch funktioniert, sind Liebeslieder. Nur, dass es statt um deine Freundin, um die Erde geht. Du hast sie schlecht behandelt, du willst sie zurück, du willst sie nicht verlieren, du schämst dich vor ihr, du willst sie spüren. Sie fängt dich auf, sie ist es, die du glaubst aufzufangen, du willst, dass sie sich entwickeln kann. In der Melodie liegt durchaus etwas Tröstliches, der Text direkt und klar, die Melodie erinnert an das Paradies, sie lässt das Harmonische durchscheinen, in dieser Welt wollen wir sein, als ließen wir uns in ein heißes Bad fallen. Die Musik schenkt Hoffnung, und ihre Darbietung ist vielleicht das Schönste an sich, eine durch und durch lebensbejahende Handlung. Wahrscheinlich sollte ich es halten wie Ivar und einfach gar nicht selbst schreiben. Nur aufführen. Das Lied ist wichtiger als der Musiker.

Da schlafe ich ein, auf dem Schlossbalkon, und falle kopfüber in einen Traum: Fahrräder und Hofgatter, ein Bus im November, ein pensionierter Priester macht ein Nickerchen. Ein Schiff taucht im Sichtfeld auf. Ein Kaminfeuer mitten im Sommer. Pegasus ist kein Fabelwesen.

Ich wache auf, weil Ivar aufwacht. Ein Stöhnen dringt aus dem Bett zu mir heraus. Er setzt seinen Fuß auf dem Boden auf.

»Waschen wär auch was Feines«, sagt er und geht raus in Wind und Sonne. Ich bleibe auf der Bank sitzen. Ivar bewegt sich dreißig, vierzig Meter weit nach Westen. Ich beobachte ihn mit Seife, Handtuch und Unterwäsche. Er steht hinter einer Fichte am Ufer. Hält sich an einem der unteren Zweige fest. Aus dem Augenwinkel nehme ich ihn und etwas Weißes spritzen wahr. Noch hat die Sonne den See wohl nicht aufgewärmt. Ivar macht sich schnell startklar. Ich denke an Gollum in *Der Herr der Ringe*.

Das Wetter entwickelt und verändert sich. Der Wind nimmt am Nachmittag zu. Ich fürchte mich vor einer weiteren Netznacht. Ist dieses Fischen hier wirklich so wichtig? Die Forellen sehen im Wasser wie Schatten aus. Ich sehe heute wie ein Schatten an Land aus. Aber Ivar macht sich startklar. Zieht seine wasserdichte Jacke an. Stattet sich mit Krempenhut und Fäustlingen aus. Wir heben die Netze von den Stangen runter, drehen und schwingen sie in den Wannen zurecht.

Um halb fünf Uhr legen wir ab. Sonne und brütende Hitze einerseits und höllischer Wind andererseits. Manchmal raubt mir das Wetter den Atem. Ich fühle mich erschöpft und aufgeregt zugleich. Sofort als wir von Land gehen, rumpeln und purzeln wir an den ersten Netzplatz. In Ufernähe kommen wir den Felsen gefährlich nahe. Sowohl Ivar als auch ich kriegen dabei eine unfreiwillige Dusche ab. Der Wind weht von Nordwesten, ich setze all meine Kraft ein, um die Nordseite anzupeilen.

Ganz schön heftig, aber im Schutz des kleinen Hügels komme ich immerhin etwas besser voran. Auf der anderen Seeseite tanzen Schaumkronen auf den Wellen. Wir setzen die Netze dichter als sonst, um Zeit und Mühe zu sparen. Schaffen alle fünfzehn in etwas mehr als einer Stunde, neuer Rekord. Als die letzte Boje ausgeworfen ist, schießen wir durch den Rückenwind blitzschnell zum Fischerhaus. Wortwörtliche Windeseile. Alles, was ich tun muss, ist, mit den Rudern zu stochern, um zu lenken. Einen kurzen Augenblick bin ich unachtsam und führe ein Ruder tief in eine Welle. Es zieht das Boot zur Seite, zwingt es in eine scharfe Kurve, drückt es tiefer in die Seitenlage. Alles geht so unglaublich schnell. Es ist Wasser ins Boot gekommen.

»Willst du uns umbringen?«, ruft Ivar von der Hinterbank.

Danach bin ich wachsam wie ein Luchs und steuere ausschließlich mit sanften Bewegungen, eins mit den Elementen.

Es ist angerichtet für eine weitere Nacht in dem winzigen Raum. Wir sind müde und sehnen uns nach Essen und Ruhe. Wir haben einander satt. Kein Radio. Vieles wurde ausgesprochen. Wir sitzen im Kerzenlicht. Heizen weiter, legen Birkenholz nach. Ivar versucht den Durchzug zu stoppen. Das Einzige, was ich höre, ist das Knarren der Sprossenstühle und das Knacken im Gebälk. Wir machen Schluss für heute. Gegen ein Uhr wache ich auf. Drehe mich. Zu heiß. Schließlich stehe ich auf. Draußen rumort es. Der Wind tobt.

»Was machst du?«, fragt Ivar im Halbschlaf, als ich auf den Boden runterklettere.

»Klo«, antworte ich schnell. Diese elendige Taschenlampe nehme ich auch mit. Gehe raus in die Nacht. Nicht aufs Klo. Stehe regungslos am See, schaue und spüre. In diesem heftigen Wind wird mir kalt. Null Grad. Wieder zurück unter der Decke und in der wohligen Wärme legt sich der Schlaf über mich. So ruhe ich frei und tief, träume nichts, senke die Körpertemperatur, spare Energie, minimiere den Verbrauch, gönne meinen Zellen eine Verschnaufpause.

| SAMSTAG |

In der Strandzone, dem Land entlang,
im Wasser

Es ist zehn nach sieben. Ich schaue durch den kleinen Glaseinsatz nach draußen. Es ist hell, der Unwetterwind weg. Ivar ist aufgestanden. Wer wird er heute sein? Ein Sanfter oder ein Wütender? Ein Tadelnder oder ein Mentor? Ein Geschäftsmann oder ein Künstler? Ein Mann von Welt oder ein Arbeiter? Er sitzt am grünen Tisch, in sich gekehrt, lindert die Schmerzen seiner gichtgeplagten Hände im Kies. Vom Kissen aus wünsche ich ihm einen guten Morgen. Er antwortet nicht. Einige Minuten vergehen, bis er leise »Morgen« murmelt.

»Eigentlich wären Sonnenkollektoren hier praktisch«, sage ich, eher fragend.

»Nein.«

»Wieso nicht?«

»Eine Kerze am Abend reicht aus. Nur, wenn du den Überfluss ablehnst, bist du ein reicher Mensch. In dieser Tugend musst du dich dein ganzes Leben lang üben.«

Dem kann ich nur teilweise zustimmen. Die paar Male, die ich Frustshopping betrieben habe, ging es mir danach wesentlich besser.

Ich schleiche mich an Ivar vorbei nach draußen. Katzenwäsche im Storsenn. Ivar sitzt immer noch an Tisch und Kiestopf, als ich zurückkomme.

»In meiner Kindheit tickte der Stromzähler noch. Meine Mutter rannte immer zum Lichtschalter. Wir saßen im Dunkeln und froren, um Strom zu sparen. Ich wache nachts immer noch mit diesem Ticken im Ohr auf.«

Ich mache uns Frühstück. Ivar sitzt wie angewurzelt am Tisch, erholt sich etwas durch seinen Kaffee, oder ist es die Morgenroutine, die ihn weckt? Kaffee oder Routine, Routine mit Kaffee. Kurz vor dem Tassenboden wartet eine lange Lektion. Er macht da weiter, wo er vor dem Frühstück aufgehört hat. Unglaublich, was eine harmlose Frage über Sonnenkollektoren auslösen kann.

»Du bist zu alt, um noch reich zu werden, Jon. Damit muss man früh anfangen. Darin liegt das größte Geheimnis. Ein paar Jahre hast du zwar noch vor dir, aber reich wirst du nicht mehr. Ich empfehle dir Folgendes: vier Mahlzeiten pro Tag, bei zweien davon isst du Knäckebrot und trinkst Sauermilch. Eine Brotzeit, und ein Mal am Tag musst du warm essen, nur einen Teller, sonst wirst du fett statt reich. Für dich gibt nicht den Ausschlag, wie viel du verdienst, sondern wie viel du sparst. Und um zu sparen, müsstest du deine Ansprüche runterschrauben und früh damit anfangen.«

Ivar lehnt sich in seinem Stuhl zurück, die Kaffeetasse fest umklammert, während seine Augen immer schmaler werden.

»Nach und nach baust du dir eine Kriegskasse auf. Sobald sich ihre Summe sehen lassen kann, greifst du zu und sicherst dir dein erstes Geschäft. Du musst dir eine gewisse Vorliebe für Geschäftliches aneignen, sonst traust du dir im richtigen Moment kein Risiko zu. Ist das Geschäft abgeschlossen, ziehst du dich wieder zurück und füllst deine Kriegskasse wieder auf, um erneut zuzuschlagen und dich daraufhin wieder zurückzuziehen. Wie ein Herz pulsierst du mit deinen Käufen und Verkäufen. Du kannst nicht andauernd Handel treiben. Wer ständig ausatmet, ist nicht gesund. Warte, bis deine Kriegskasse und deine Lungen gefüllt sind. In der Zwischenzeit musst du genügsam und geduldig leben. Diese Zeit zu mögen, muss man erst erlernen, denn sie ist am zähesten. Beherrschst du diese Kunst jedoch, wirst du ein guter und gleichzeitig erfolgreicher Mensch. Warum das so ist? Tja, weil du im Großen und Ganzen nichts brauchst. Du bist mit dem zufrieden, was du hast. Erst wenn dir das bewusst ist, wirst du in der Lage sein, abzuwarten, richtig zu leben und klug zu handeln.«

»Und woher bekomme ich den richtigen Riecher für gute Geschäfte?«, frage ich, während ich noch mehr Pulverkaffee anrühre.

Ich weiß, dass Ivar, was die Unternehmenswelt betrifft, auch Dreck am Stecken hat. Dafür muss man nur mal das Archiv der Hallingdølen durchsuchen. Darauf werde ich allerdings jetzt nicht rumreiten. Ich bin hier nur der einfältige Schüler.

»Wie gesagt: Wenn du ein guter Fischer sein willst, musst du denken wie ein Fisch. Damit will ich ausdrücken, dass du es mit der Zeit entweder weißt oder eben nicht weißt.«

Ivar blinzelt ein wenig. Seine Mundwinkel ziehen sich nach unten. Er wirkt zugleich unzufrieden und selbstsicher. Zweifelt an nichts. Sucht nach einer besseren Sitzhaltung. Räuspert sich.

»Jeder kann Geschäfte machen, aber nicht jeder kann *gute* Geschäfte machen. Du musst ungeduldig und bestimmt sein, in manchen Fällen sogar brutal«, erklärt Ivar, trinkt mit einem Schluck seine Tasse leer und steht abrupt auf. Er eilt nach draußen.

Ich höre, wie er die Tasse am Ufer wäscht. Ich lasse den Reichtum gewinnen oder mein Interesse an ihm, je nachdem: Am liebsten will ich jedoch mehr über brutale Geschäftsstrategien hören, damit kann er mich packen. Ivar kommt wieder rein. War also doch noch nicht fertig.

»Der Weg zum Reichtum führt darüber, all das besser einzusetzen, worin du ohnehin schon gut bist. Es stellt sich also die Frage, ob du überhaupt irgendwas gut kannst, Jon.«

Ich räume den Frühstückstisch auf. Habe absolut keine Lust, Ivars Zeug wegzuräumen. Was glaubt er eigentlich? Dass er so mit mir sprechen und damit auch noch davonkommen kann?

»Schön ausgedrückt«, sage ich, leise und gereizt, während ich wegtrage und wische. Ivar schweigt.

»Aber wahr ist es allemal,« antwortet er dann dreist. Sein Kinn hebt sich, und er schaut mich direkt an.

»Du bist ein Idiot«, sage ich nur.

»Ob ich überhaupt irgendwas gut kann.« Der Kommentar reiht sich ein in ein Arsenal giftiger Wortgeschosse, die er mir während dieses Ausfluges bereits an den Kopf geworfen hat. Kann er tatsächlich annehmen, das sei hilfreich? Oder hat er mich schon aufgegeben? Mir egal. Nicht um die Burg kriegt dieser alte Sack noch einen Kaffee von mir gekocht. Lieber gehe ich raus und mache mich für den Storsenn und das Fischen bereit. Hieve Wannen zurecht, mache alles allein, kriege ich ohne Weiteres hin, ist mir ohnehin lieber, schiebe das Boot raus, drehe es, sitze achteraus und abfahrbereit und warte nur mehr darauf, dass sich der Meistergeiger herablässt und einsteigt.

»Warst du etwa wütend?«, fragt er und setzt sich auf die hintere Ruderbank.

»War wütend, bin wütend«, antworte ich ihm. Steche die Ruder hart ins Wasser. Immer noch wütend. Rudere im Eiltempo nach Norden zur ersten Boje.

Dicke Luft im Boot, keine Gespräche mehr. Ich bin froh über jede Sekunde, in der ich mich nicht seinen Standpauken aussetzen muss. Auf der Wasseroberfläche zu schippern, den Boden unter mir vorbeiziehen zu sehen, eins mit dem Wasser zu sein, tut meinem Gemüt gut. Gilt das auch für Ivar? Er schweigt. Hat er vielleicht doch mitbekommen, dass er zu weit gegangen ist? Fraglich.

Obwohl Ivars Hände zittern und seine Bewegungen eckig wirken, geht die Arbeit gut voran. Drei Fische im ersten Doppelnetz. Nicht die Welt, aber ansehnlich im Eimer. Ivar holt das Netz ein und befestigt es am Haken der Zinkwanne, dann richtet er sich wieder auf.

»Es gab eine Zeit, in der unsere Familie unternehmungslustig und erfinderisch war, Jon. Wir gaben den Ton an, es gab viele von uns, wir standen füreinander ein. So kamen wir zurecht. In einer Generation lief allerdings einiges schief. Viel weniger Kinder an sich, und dann auch noch die meisten davon Mädchen.«

In allen Netzen stecken Fische. Ivar ist in Topform. Ich schaffe es, einen gewissen Abstand zu allem zu gewinnen, was er von sich gibt, und entwickle mich von offen aggressiv über passiv-aggressiv zu zurückhaltend loyal.

»Jon, wenn du es in Erwägung ziehst, Storsenn auszuschlagen, ist das das Zeichen dafür, dass die Menschheit ihren Zenit überschritten hat.«

»Ich habe Storsenn nicht ausgeschlagen«, beeile ich mich zu antworten. »Aber es geht hier um eine Verantwortung, die meine Arbeit beeinträchtigen könnte. Ein Künstler ist nie arm. So gesehen bin ich auch ohne Storsenn reich.«

Mein prätentiöser Ausspruch über den Künstler in mir provoziert Ivar. Seine Antwort kommt wie aus der Pistole geschossen.

»Dein Ehrgeiz beeindruckt mich, Jon. Er passt nur nicht mit dem zusammen, was du mir bisher vermittelt hast. Was bedeutet Reichtum für dich? Was brauchst du, wenn die Zivilisation den Bach runtergeht? Was brauchst du im Extremfall? Du brauchst das Allernötigste. Was passiert, wenn dir Nahrung, Wasser oder Schlaf entzogen werden? Du ermüdest. Und was passiert, wenn du ermüdest? Du kümmerst dich nicht mehr um dich selbst. Am Storsenn kannst du all deine Bedürfnisse erfüllen.«

Wir umrunden die lange Landspitze und steuern die dahinterliegende Bucht an, um die sechs letzten Netze einzuholen. Ivar hat aufgehört zu erklären und auf Sachen zu zeigen. Ich weiß von den oberflächennahen Steinen und kenne mich auch sonst mit dem Leben unter Wasser aus, weiß, wie die Netze im Wasser liegen sollen. Wie und wo Ivar die Bojen haben will. Ich wende das Boot am Absatz. Auf der hinteren Ruderbank hackt der Tod wieder und wieder ein. Alles läuft reibungslos und effizient. Unmittelbar bevor Ivar das Ende eines Netzes hochgezogen hat, mache ich mich auf den Weg zum nächsten. Schlussendlich bleiben uns ungesäuberte 18 Kilo Fisch. Zwei mit über einem Kilo und auch sonst stattliche Kaliber, vielversprechend, ein paar dünne Kerlchen werfen wir wieder zurück in den See.

Zurück auf festem Boden läuft alles wie an den Tagen zuvor. Frühstück, Ausnehmen, Einsalzen, Vorbereitung des Rakfisk. Zwei bis drei Stunden ausruhen. Ivar liegt unter der Bettdecke und tankt Energie auf. Ich sitze auf dem Schlossbalkon. Schreibe und kritzle in das Notizbuch. Mein Blick schweift über das Moorgebiet, das sich südlich vom Storsenn wie ein breiter Rücken erstreckt. Danach verliert es sich in der Landschaft. Ich sehe, wie sich etwas im Moor bewegt, etwas Langes und Schmales. Wird wohl ein Hirsch sein. Ich hole das Wasserfernglas. Sehe lange, schmale Hälse. Ein paar Minuten später heben vier große Kraniche ab, sie kreischen, während sie in einer großartigen Linkskurve majestätisch mit langen, geraden Hälsen über mich und Storsenn davonfliegen.

Alles bläht sich wieder auf. Alles wird schwerer. Meine Gitarrenarme und Plektrumfinger sind geschunden und geschwollen, am schlimmsten betroffen sind die Unterarme, fühlen sich nach einer chronischen Sehnenscheidenentzündung an, obwohl ich so was eigentlich noch nie hatte. Durch das Rudern gewinne ich an Kraft, rede ich mir ein. Mir ist längst bewusst geworden, dass Ivar niemals vorhatte zu rudern. Am besten halten wir uns an die Arbeitsteilung; er hantiert mit Netzen und Fischen, schimpft und poltert, ich schaue zu und lerne, halte mich an die Ruder, stecke für gute Stimmung und konstruktiven Ton einiges ein. In einer Lebensgemeinschaft lastet alles auf meinen Schultern. Übernehme ich dafür Verantwortung, werde ich mit Wärme und einem schönen, langen

Leben belohnt. Ich bin nicht wichtiger. Ist eigentlich gar nicht schlecht, wenn auch ein bisschen selbstzerstörerisch. Vermutlich geht es nur so.

Gegen fünf Uhr nachmittags rudern wir direkt Richtung Westen. Dort hätten wir den größten Fang gemacht, meint Ivar, was schlichtweg falsch ist. Tatsächlich hat sich unsere Beute innerhalb der letzten Woche gleichmäßig auf den ganzen See verteilt, so steht es im Protokoll, aber einem alten Mann darf man nicht widersprechen, selbst wenn er auf dem Holzweg ist, oder? Ivar lebt weder in einer Anstalt noch verfügt ein Vormund über ihn. Er redet einfach drauflos, behauptet und bestimmt eines nach dem anderen, wie es ihm gerade in den Kram passt. Muss angenehm sein, so zu leben. Solche Gedanken und Interpretationen sausen mir durch den Kopf, während wir auf die lange Landspitze hinter Storsodden zurudern. Bis auf Bodensatz, Moor und kleine Felsen am Seegrund kann ich dort nicht viel erkennen, nicht gerade die traumhaftesten Bedingungen für Lachsforellen, aber ab und zu muss man was ausprobieren im Leben, und zu dieser Jahreszeit wandern die Fische durchaus gerne durch den ganzen See, erklärt Ivar.

»Hast du schon von Nils dem Reichen gehört?«, fragt er ohne Vorwarnung.

Ich drehe den Bug nach Norden, antworte nicht auf Ivars Frage nach Nils dem Reichen, weil mir schon klar ist, dass Ivar meine Antwort ohnehin nicht abwarten wird, außerdem will ich ihm nicht eine Genugtuung auf dem Silbertablett servieren, indem ich ihm etwas antworte wie: »Nein, mein lieber Onkel Ivar, ich habe noch nie von ihm gehört. Könntest du mir bitte mehr über ihn erzählen?«

Beim Netzauslegen rudere ich gemächlich im Rhythmus, wir schaffen drei weitere Netze in dieser Bucht.

»Alles, was man sich über Nils den Reichen erzählt, stimmt. Was viele jedoch nicht wissen, ist, dass seine Vorfahren wohlhabende Flachlandtiroler aus Ringerike waren, oder Himmerike, wie Großvater es nannte. Den Eltern von Nils dem Reichen ging es nicht besonders gut. In der Dorfchronik steht schwarz auf weiß: ›Guri und Knut kamen aus vermögenden Familien, hatten es finanziell aber nicht leicht. Zwei Mal wurde Erbe aus der Gegend um Sokna ausbezahlt.‹ Nils der Reiche war jedoch mit Legenden über das alte Familienvermögen aufgewachsen, was ihn geldgierig und zielstrebig machte. Zum Bauern taugten seine Talente absolut nicht, also musste er sein Glück in der weiten Welt suchen«, sagt Ivar beim Netzauswerfen.

Ich stochere mit den Rudern im Wasser herum. Ivar bereitet eine weitere Boje vor. Als er das Seilende befestigt hat, rudere ich zum nächsten Netzplatz. So bewegen wir uns systematisch vorwärts. Ich merke, wie sehr mir vor der langen Bootsfahrt zurück zum Fischerhaus graut.

Ivars Gedanken sind noch bei Nils dem Reichen.

»Mit beschränkten Möglichkeiten und dem Traum, den Familienverfall rückgängig zu machen, bog Nils der Reiche auf die Wirtschaftsstraße ab«, verlautbart Ivar feierlich, als würde er diesen Fakt aus einem Buch vorlesen.

»Er wollte irdische Güter anhäufen und die Ehre seines Geschlechts wiederherstellen. Er war so besessen von Geld, dass er keine eigene Familie wollte, er war ständig nur unterwegs, war genügsam und sparsam, was sich selbst anlangte, lebte zeitweise in wilder Ehe, so steht es geschrieben, hatte kein wirkliches Zuhause, tat sich mit seinen Brüdern Knut und Lars zusammen, so wurden sie wohlhabend. Er starb mit 52 Jahren.«

Ich rudere langsam. Richte es so ein, dass uns schon ein Mindestmaß an Bewegung vorwärtsbringt.

»Dann kam die nächste Generation, Barbo und Knut, die sowohl Nils den Reichen als auch ihre Eltern beerbten. Sie kauften Fjell und ließen sich dort nieder, erwarben außerdem Grundstücke im Landesinneren, bauten ihren Betrieb auf, richteten sich ein. Ihnen war bewusst, was Reichtum kostete, und sie gaben die Kronen umsichtig aus. Ihnen folgte Knut junior, der zusammen mit seinem Schwager Geschäfte machte, und hier, genau hier, Jon, begann der Verfall; Knut junior wuchs bei seinem wohlhabenden Vater auf, der sich um alles gekümmert hatte. Sein ganzes Leben lang kam er immer wieder nach Hause, weil er um Geld betteln musste. Von Sparsamkeit hatten sie noch nie gehört, sie atmeten praktisch durchgehend nur aus. Im Übergang zur nächsten Generation verlor die Familie jegliche Konsequenz, Disziplin und Eigenständigkeit:

Kari verkroch sich im Gebetshaus, Bjørn war ein eitler Pfau in Hamar, Barbo junior war an seinen Fernseher gekettet, Håkon schlug eine Karriere als Schürzenjäger in Ustedalen ein, Guri verschanzte sich zu Hause, Sverre war theoretisch und unpraktisch, Syver wollte Geiger werden, obwohl ihm das Talent dazu eindeutig fehlte, er fiedelte leider trotzdem munter weiter. Ingunn verbiss sich in ihr Regionalarchiv. Halvor war ein guter Zeichner, kam aber nicht weiter als bis an die Hobelbank. Gunhild vernachlässigte sich selbst und steckte all ihre Energie und Zeit in den Schützenverein. Alle Nachkommen waren somit unfähig, schließlich waren sie es gewohnt, auf etwas zu zeigen und es sofort zu bekommen, darin lag ihr Fluch. Obendrein hatten sie alle größenwahnsinnige Züge, fühlten sich auserwählt, trafen selbstständig nur schlechte Entscheidungen, weil sie ohnehin wussten, dass ihnen nie ernsthaft etwas passieren konnte. Sie fürchteten sich ständig vor allem. Da solltest du mal ein Lied drüber schreiben, Jon.«

Darauf kann ich nun wirklich nichts mehr antworten, nichts mehr kommentieren. Die totale Überdosis, die mit einem vernichtenden Urteil über unbekannte Menschen endet. Tut er ihnen damit nicht unrecht? Doch, natürlich, schließlich liegt alles im Auge des Betrachters. Einige kommen schneller in die Gänge, andere brauchen länger. Menschen sind vielschichtig, vereinen unterschiedliche Eigenschaften in sich. Nicht nur eine einzige, auf der Ivar rumreitet. Menschen können alles Mögliche sein, verfügen einerseits über so etwas wie freien

Willen und sind andererseits auch immer ein Spiegel ihrer Umgebung, versteht sich von selbst. So komplex. So einfach.

»Ich muss Wasser lassen«, platzt Ivar raus.

Er meint es ernst, denn er zeigt auf die kleine Insel, die gleich neben der Stelle im See liegt, an der wir letztens fast gekentert wären. Wir sind nur 50 Meter von der Insel entfernt, also steuere ich einen großen, flachen Felsen an, damit Ivar problemlos aussteigen kann. Fällt ihm trotzdem schwer genug. Nach fast zwei Stunden im Boot muss er auf allen vieren an Land gehen, weil er so steif geworden ist. Sieht aus, als blockierten seine Knie und als müsse er seinen Rücken und seine Arme regelrecht brechen, um sie bewegen zu können. Ist das wieder eine seiner schauspielerischen Glanzleistungen oder geht es ihm wirklich so schlecht? Als er endlich festen Boden unter den Füßen hat, sieht er so aus, als wären seine Fußsohlen wund, denn er stolpert vorwärts. Dann dreht er mir mitten auf dem Inselchen den Rücken zu, atmet geräuschvoll aus und lässt es laufen.

Ich werde vom Wind ein paar Meter östlich neben die Insel getragen, auf die andere Seite des Fischerhauses. In nur wenigen Sekunden bin ich ganz schön weit weggekommen. Ich beobachte Ivar, der schwankend versucht zu stehen. Mir geht all das nicht aus dem Kopf, was er in den letzten Tagen gesagt hat, vor allem sein letzter Vortrag. Vermutlich stimmt es nicht mal. Vielleicht ist es teilweise wahr und teilweise erfunden, wie so oft. Vielleicht hatte jemand Geld zum Fenster rausgeworfen, vielleicht lebten sie aber auch glücklich und vergnügten sich. Vielleicht hatten sie ein schweres Leben. Vielleicht waren einige von ihnen besonders lebensfroh. Vielleicht sahen sie von noch größerem Reichtum als Ziel ab, weil sie empfanden, alles oder auf jeden Fall genug zu haben. Vielleicht erkannten sie, dass man knapp über der Armutsgrenze am zufriedensten ist und es einem nicht besser geht, wenn man noch mehr besitzt. Und wenn ich ganz ehrlich sein soll: Ich hätte absolut nichts dagegen, ein eitler Pfau in Hamar oder ein Schürzenjäger in Ustedalen zu sein.

Abend und Dämmerung. Der Atem des Allmächtigen pustet mich zig Meter von Ivar weg. Davon weiß er jedoch immer noch nichts, denn er dreht mir ja den Rücken zu. Ich betrachte die krumme Birke an der langen Landspitze, die sich im Wind aufzurichten versucht, ich erahne im Dunkeln die Espengruppe auf der Nordseite, das Zittern und Flattern ihrer Blätter, höre jedoch nichts. Ich stelle keinerlei Versuch an, das Boot anzuhalten. Treibe einfach weiter. Der Wind dreht das Boot zweimal komplett im Kreis, während ich wegtreibe. Ivar steht einfach nur da. Er wird mir nie Respekt zollen. Ich muss weiterhin Lieder schreiben, auch wenn der Text ihnen im Weg steht. Ich muss schreiben, weil es mir gefällt, es ist meine Art, das Leben zu verarbeiten und zu überdenken, Gespräche mit mir selbst zu führen, die Dinge mit mir selbst auszumachen.

Auf der Insel drüben schüttelt Ivar sich endgültig ab. Ich denke darüber nach, dass ich Mal um Mal versucht habe, die Musik bleiben zu lassen, doch immer wieder bin ich zu ihr zurück. Weil es das ist, was ich kann. Sollten mir sowohl Gabe als auch vererbtes Talent fehlen, definieren meine Lieder mich immer noch stark genug. Sie wecken die Lust aufs Erzählen und Erleben in mir. Und der Vollständigkeit halber: In meiner Wahrnehmung spiele ich sowohl treibend als auch nachdenklich und will mir das erhalten. Und Ivar darf mir sogar widersprechen, und ich mache es, wie ich es für richtig halte.

Inzwischen segle ich wie ein Papierboot im Abendwind auf schwarzem Wasser. Mit den Rudern helfe ich nach, um noch weiter wegzudriften. Ein freier Mensch zu sein bedeutet, selbst das Steuer in der Hand zu haben oder sich steuern zu lassen, wie in diesem Moment. Selbst zu bestimmen, heißt, frei zu sein. Dort will mich die Natur haben, also treibe ich dorthin.

Eine Art Ruhe scheint sich über die Insel gelegt zu haben. Beinahe 100 Meter entfernt muss ich jetzt bereits sein. Sieht aus, als würde Ivar sich im Dunkeln beim Hochziehen seiner Hose ganz schön abmühen. Da dreht er sich um. Hält Ausschau. Fuchtelt energisch mit seinem Krempenhut. Ruft irgendwas, ich winke ihm und drifte weiter ab. Ivar wedelt noch einmal mit seinem Hut, schreit wieder. Ich kann nichts verstehen, sitze nur da und schaue ihm zu.

Ivar setzt sich im Halbdunkel hin. Der Gedanke, dass ich selbst entscheide, macht mich glücklich. Dass ich, Jon Aslesson

Aal, ganz allein, selbstständig und auf eigene Faust verstanden habe, dass ich zufrieden sein sollte, um nicht unzufrieden sein zu müssen.

Als Ivar sich resigniert auf der Insel hinsetzt, erkenne ich seine Verletzbarkeit, er ist allein im Dunkeln. Der alte Mann kann nicht schwimmen. Er ist keine Insel, seine Insel ist Teil des Festlandes, Ivar gehört zur Herde.

Ich habe die Situation lange genug ausgereizt. Ivar hat sich seinen Denkzettel abgeholt, dieser Dickschädel, nun hat er einen Dämpfer bekommen. Musste er wohl. Ich rudere direkt auf ihn zu, schnell und effizient.

»Was hast du dir dabei gedacht?«, fragt Ivar ungläubig mit lauter Stimme, als ich seinen Einstiegsfelsen ansteuere. Er steht auf, sichtlich wütend, kann sein, dass er eher ängstlich ist, er wirkt zittrig und unsicher. Das überrascht mich.

»Wenn es jemanden gibt, der im Leben allein klarkommt, dann bist das wohl du«, entgegne ich und drehe den Spieß um. »Du solltest allein auf einer Insel leben. Deine eigene Gesellschaft erschaffen, dann läuft alles genau so, wie du es dir wünschst. Außerdem hat mich der plötzliche Rückenwind davongetragen, das musst du doch mitbekommen haben«, erkläre ich und versuche zu lächeln.

»Du wolltest mich loswerden. Mich stehen lassen. Auf dass ich zwischen den Inseln umkomme. Das wolltest du wirklich«, verlautbart Ivar und hievt sich auf die hintere Ruderbank, von der aus er mich aufgelöst ansieht.

Sind das etwa Tränen oder schaue ich nur in seinen leeren Blick? Ich rudere zielstrebig nach Hause. Spüre das Unbehagen in meinem Bauch. Ich merke, wie sehr ich ihn erschreckt habe. Ich bereue es. Warum konnte ich mich nicht einfach anständig benehmen, nichts sagen, nichts tun, das alte Raubein einfach ihn selbst sein lassen? Ich muss hier doch niemandem etwas beweisen. Was habe ich denn davon?

Ich rudere beherzt. Als wir am großen Moor vorbeikommen, will ich, dass die dicke Luft sich verzieht. Ich zeige in die Richtung und sage:

»Vorhin habe ich da drüben vier Kraniche gesehen. Sie flogen in großem Bogen über Storsenn, schrien und zogen ostwärts.«

»Nein, das hast du nicht. Hier gab es noch nie Kraniche. Muss ein Entenschoof gewesen sein«, sagt Ivar, durch und durch überzeugt, und legt noch einen drauf: »Zu Vaters Zeiten baute ein Fischadler sein Nest in den Felsen an der Nordseite.«

Er zeigt auf die andere Seite des Sees.

»Der Adler sauste direkt vor Vaters Augen kerzengerade nach unten, schnappte sich mit seinen Krallen eine Forelle und verfütterte sie seinem Nachwuchs. Noch am selben Tag zerstörte Vater das Nest. Kraniche gibt es hier nicht.«

Ich lasse ihn in dem Glauben, recht zu haben, und auch das letzte Wort. Freue mich, dass er nicht mehr an die Insel und meine Segeltour denkt.

Erst gegen acht Uhr sitzen wir am grünen Tisch. Ivar serviert in Rekordzeit gebratenen Fisch. Er pfeffert den Teller auf die Tischplatte.

»Wie heißt diese kleine Insel eigentlich?«, frage ich.

»Die hat keinen Namen. Um auf einer Karte aufzuscheinen, müsste sie erst entdeckt werden. Tja, darüber solltest du mal ein Lied schreiben.«

Was ich als Wut und Bedürfnis, ihn zu verletzen empfunden habe, hat sich ins Gegenteil verkehrt. Kurz dachte Ivar anscheinend wirklich, ich würde ihn nicht mehr abholen kommen, dass ich ihn auf einer Insel sterben lassen würde. Ich kenne mich selbst gut genug, um zu wissen, dass ich ihn niemals dort zurückgelassen hätte, aber reicht es denn, dass ich das weiß? Ivar hatte Angst. Damit muss ich jetzt zurechtkommen.

»Tut mir leid, dass ich dir einen Schrecken eingejagt habe, Ivar. Ich war Jon – vom Winde verweht«, sage ich.

»Zieh da bloß nicht den Wind mit rein. Dass du der Natur die Schuld in die Schuhe schiebst, das sagt doch wohl alles über dich aus, was man wissen muss. Jetzt habe ich dich kennengelernt. Wir brauchen gar nicht weiterzureden. Ein Einzelkind zu sein, ist eine Diagnose, das habe ich deinem Vater schon immer gesagt, aber es hat nichts gebracht, er hörte auf keine Menschenseele.«

Ich achte auf all die kleinen Geräusche drinnen und draußen, Ivars und meine Bewegungen, wie wir essen, wie wir sitzen, wie wir die Gabel halten, nehme Fliegen auf der Fensterbank wahr, den Geruch im Zimmer, Ivars Haare, ich nehme in nur einem einzigen Augenblick alles in mir auf. Die Atmosphäre ist höchst seltsam. Auch Ivar spürt das und steht plötzlich mit einer Wucht und einen kräftigen Luftstoß erzeugend auf, dass der Stuhl nach hinten schnellt. Ivar steht breitbeinig und versucht sich aufzurichten, dreht eine wackelige Runde im Zimmer. Bleibt am Tischende stehen. Geht noch eine Runde. Schüttelt den Kopf, hebt die Augenbrauen und richtet sich auf, so gut es geht. Stoppt noch einmal am Tischende.

»Einmal kam ich hier an und sah ein Zelt auf der langen Landspitze aufgestellt. Ein junges Paar war mit einem Schlauchboot von der Landzunge auf die Inseln gerudert. Ich ruderte hin und erklärte ihnen wahrheitsgemäß, dass dies mein See sei, und fragte, was sie hier machten. ›Wir sind seit fünf Tagen hier und frühstücken immer hier. Wir nennen sie *die Frühstücksinsel*‹, erklärte mir das Mädchen. ›Nun, dürft ihr das denn?‹, fragte ich zurück. ›In Norwegen gilt das Jedermannsrecht und der freie Zugang zur Natur, also dürfen wir das!‹, antwortete sie lieblich. ›Von diesem Recht habe ich noch nie gehört‹, sagte ich. ›Außerdem heißt eure Frühstücksinsel eigentlich Pinkelinsel, denn genau das tue ich hier, wenn ich fischen gehe‹«, ahmte Ivar sich selbst nach.

Ich genoss diesen dummen, chauvinistischen, stillosen Altherrenwitz. Während des gesamten Ausfluges hatte ich noch nicht so ausdauernd und herzhaft wie in diesem Augenblick lachen können.

Danach essen wir auf. Ich räume den Tisch ab. Ivar sitzt auf seinem Stuhl wie der Sonnenkönig. Ich spüle Teller, Messer und Gabeln, koche Kaffeewasser auf, bin einen Kopf kürzer, beschämt und niedergeschlagen wegen des Vorfalls auf der Insel.

»Jetzt erkläre ich dir alles rund ums Fischen im Storsenn auf eine andere Art und Weise. Das hier *musst* du aufschreiben«, befiehlt Ivar.

»Na dann«, antworte ich interessiert, habe Angst, zu positiv oder zu negativ zu wirken.

»Die eingetriebene Steuerschuld für alle, die hier jemals gefischt haben, betrug 121 Løbbel. Weißt du, was ein Løbbel ist?«, fragt mich Ivar direkt.

»Keine Ahnung, noch nie davon gehört«, antworte ich, stimmt tatsächlich auch.

»Eine Schöpfkelle, auch Laupsbol genannt, war ein Maß für Butter. Der König ließ den Hof schätzen, indem er kultiviertes Land, Gebiete ohne Landnutzung, Boden, Wald, Fischteiche, Jagdrechte, Weidenutzungsrechte, Heurechte, Almen und Nutztiere bewertete und mit einer Løbbelzahl versah. Diese Summe bezahlte man für den gesamten Hof an Steuer.«

»Heißt das, der König bekam 121 Kilo Butter im Jahr dafür, dass im Storsenn gefischt wurde?«, frage ich verwirrt.

»Nein, das heißt, dass alle damals hier fischenden Höfe, wie Aal und die anderen rundherum, dem König insgesamt 121 Løbbel schuldig waren. Vermutlich wurde diese Steuer gar nicht in Butter, sondern Kalbsleder, Loden, Fleisch, Silber oder Gold beglichen. Bemerkenswert finde ich ja, dass diese gesamte Løbbelsumme, 121, auch meinem Fischjahresschnitt entspricht. Ein Løbbel ist also genauso ein Kilo Forelle.

Darüber solltest du mal nachdenken, Jon.«

Ich kriege es gerade so hin, das alles aufzuschreiben.

Wir lassen es gut sein für heute und gehen zu unserer Abendtoilette über. Als ich endlich gegen elf Uhr den Kopf aufs Kissen lege, spüre ich die durchgehende Anstrengung, der mein Körper ausgesetzt war. Ich atme unter der Bettdecke aus. Ivar pustet die Kerze am Tisch aus und legt sich ebenfalls hin. Direkt vor dem Einschlafen denke ich so intensiv wie mir nur möglich an Anne. Sie und ich. Im Auto. Zu Fuß. Am Tisch. In den Bergen. An einem See.

| SONNTAG UND MONTAG |

Übergänge

Eine lebhafte Nacht. Harter Wind tost draußen und im Fischerhaus. Der Spätherbst ist da. Eine der Wellblechplatten am Dach muss lose sein. Schlägt und klopft. Aus dem Kamin zieht es, sodass ich aufstehen und mich mit Socken wärmen muss. Als der Morgen kommt, bleibe ich mucksmäuschenstill liegen. Verspüre ein chaotisches Gefühl in mir. Wenn all das hier vorbei ist, will ich, dass Anne kommt, sofort. Mich umarmt. Ich werde sie umarmen. Sobald ich an Anne denke, ist sie hier. Ich muss sie mir nur fest genug vorstellen, dann taucht sie auch auf. Sie kommt zu mir, als ich gerade Fische ausnehme. Ivar steht neben mir. Sie sagt: »Jon, du bist hier jetzt fertig. Komm mit mir.« So etwas lächerlich Romantisches.

Wir hatten ein weiteres Treffen, von dem ich dir allerdings nichts erzählt habe. Es tut weh, darüber zu sprechen, aber es muss raus, gerade jetzt, wo alles rausmuss. Wenn sich die Situation bessern soll, müssen alle Karten auf den Tisch. Unser zweites Treffen passierte zwei Jahre nach der Supermarkt-Episode. Ich wanderte den Weg nach Øvre-Ål rauf. Gerade hatte ich eine heftige Thin-Lizzy-Phase und »She knows« in den Ohren. Direkt neben dem Reitstall begegnete ich Anne. Sie führte ein Pferd, auf dem ihre Tochter ritt. Ich schwitzte vom Aufstieg. Anne kam von links. Ich keuchte und schnaufte, was das Zeug hielt. Schnell zog ich meine Kopfhörer raus, und alles, was mir über die Lippen kam, war:

»Hast du jetzt ein Pferd?«

»Das hier ist kein Pferd. Das ist ein Pony«, antwortete Anne gekünstelt streng und schoss ein Lächeln nach.

Auch sie wirkte überrascht und vielleicht sogar ein wenig glücklich. Auf dem Rücken des Pferdes saß ihre Tochter in weißer Reithose, weißen Handschuhen, schwarzem Jackett und Helm. Sie sah aus wie ein Teil der britischen Königsfamilie. Lächelte nicht wie ihre Mutter. Sah mich nur kalt und ungeduldig an.

»Gleich beginnt das Vereinstreffen. In einer Dreiviertelstunde geht's dann so richtig los. Zuerst drehen wir eine Runde im Schritt, dann wärmen wir uns in der Bahn auf, damit wir bereit und in Stimmung für ein schönes A sind. Du kennst dich mit einem schönen A doch wohl aus?«, fragte Anne knapp.

Wie immer wirkte sie humorvoll, geistreich und cool, was mir auffiel, bevor ich antwortete:

»Springt man da über Hindernisse?«

»Ach, Jon. Wir machen die Klasse A doch nicht im Springen,

sondern im Dressurreiten, was wirklich das Schönste ist, das Reitende und Pferde gemeinsam erleben können. Sie spielen und tanzen miteinander: Rückwärtsrichten, 10-Meter-Volten, Viereck verkleinern und vergrößern, einfacher Galoppwechsel und Mitteltrab – ich dachte, alle wären top informiert über alles rund um den Reitsport«, witzelte sie fröhlich.

»Wow! Da habe ich ja noch einiges zu lernen«, antwortete ich und versuchte gleichzeitig zu lachen.

Anne musste schnell weiter. Ich schlich mich durch die Hügel weg. Aufgewühlt, weil ich sie gesehen hatte. Befürchtete, desinteressiert gewirkt zu haben. Hatte jahrelang darauf gehofft, ihr zu begegnen, und dann geschah es ausgerechnet, als ich am wenigsten darauf vorbereitet und präsentabel war.

Drei Tage später war ich vom Uvdal Golf Alpin gebucht, um nach dem Abendessen zu spielen. Das Ressort wollte regionale Unterhaltung. Es war spät. Ich bekam ein Zimmer. Nach dem Gig betrank ich mich mit einer Flasche Barbera, die dafür durchaus ausreichte. Ich dachte an Anne. Was danach passiert ist, kann ich nur mehr bruchstückhaft berichten. Irgendwann zog ich mich aus, hatte das Handy in der Hand und einen Blackout.

Am Morgen wachte ich mit Kopfweh und das Handy immer noch in meiner Hand auf, nackt und halb erfroren. Unter der Bettdecke versuchte ich mich aufzuwärmen, um daraufhin ins Bad zu taumeln und Wasser zu trinken. Da schoss das Bild vom Vorabend in mein Gedächtnis ein: Ich nackt, Anne, Handy.

Ich öffnete den Chat. Um 01:12 hatte ich mehrere Nachrichten abgeschickt: »Liebe dich.« – »Du bist wundervoll.« – »Love you!!!« – »Wach?« – »Vermisse dich!« – »Du bist toll.« Zu guter Letzt noch ein Nacktfoto von mir. Mir lief es eiskalt den Rücken runter. Ich stand wie angewurzelt da. Brachte mich irgendwie dazu, mich aufs Bett zu setzen, wo ich sehr, sehr, sehr lang blieb. Die Gedanken rasten durch meinen Kopf. Katastrophe. Tragödie. Ich warf mir die Kleider über und sammelte mich einige Minuten lang. Versuchte es zuerst wieder schriftlich: »Es tut mir leid! Ich war besoffen! Weiß nicht, was los war.« – »Das auf dem Foto bin nicht ich!« – »Es tut mir so unendlich leid, Anne. Ich hab's nicht so gemeint. Können wir Freunde sein?« Und zum Schluss: »Bitte zeig niemandem das Foto.«

Dann rannte ich nach unten und schaffte es gerade so zum Frühstück. Was musste Anne von mir denken? Hatte sie das Foto ihrem Mann gezeigt? Ihren Freundinnen? Der ganzen Gemeinde? Saßen alle beim Mittagessen und lachten über mich, während Annes Handy herumgereicht wurde?

Den ganzen Tag über kam keine Reaktion. Keine Antwort. Kein Lebenszeichen. Ich traute mich einfach nicht, anzurufen, es ging nicht. Fuhr über den Dagalifjellet nach Hause und überlegte, für immer aus Ål wegzuziehen. Einen anderen Namen anzunehmen, an einem anderen Ort neu anzufangen. In einem anderen Land. Auf einer Insel. Das alles war absolut unentschuldbar. Für mehrere Tage kroch ich auf dem Zahnfleisch.

Schließlich fasste ich Mut, stapfte zum Gemeindeamt, schummelte mich am Portier vorbei und kam an Annes Bürotür an. Sie stand offen, ich trat ein und schloss vorsichtig die Tür hinter mir. Bevor Anne mich sehen und etwas sagen konnte, brach es aus mir heraus: »Mir tut so unendlich leid, was ich getan habe. Bitte vergiss es einfach. Lösch das Foto. Ich bin nicht so, wie du denkst.«

Anne schob ihren Stuhl vom Schreibtisch weg nach hinten und musterte mich einige Zeit. Sie deutete auf den zweiten Bürostuhl. Ich nahm Platz, sie räusperte sich und sagte:

»Mir ist klar, dass die Natur unberechenbar ist, noch unberechenbarer jedoch im Zusammenspiel mit Alkohol. Wir sind keine Maschinen. Wir sind Menschen. Mit Gefühlen, nach außen und in unserem Inneren. Einige kontrollieren ihre Emotionen besser als andere. Ist schon okay, Jon. Wenn du willst, dass ich das Foto lösche, mache ich es.«

Ich glaube, sie lächelte, bin mir aber nicht sicher. Vielleicht wünschte ich mir nur, dass sie lächelte.

»War das ernst gemeint? Was du geschrieben hast?«, fragte sie auf einmal laut und deutlich.

»Nein«, antwortete ich.

Ihr Handy klingelte.

Ich stand auf und ging zur Tür. Über den langen Flur. Drehte um. Kam noch einmal in ihr Büro und sagte laut: »Es war ernst gemeint.«

Anne legte das Handy auf den Tisch. Sie umarmte mich

kurz. Ich bin felsenfest davon überzeugt, dass sie mich ein paar Mal tief einatmete, an mir schnüffelte wie ein Hund.

Ich habe es aus der oberen Schlafkoje nach unten geschafft, und wir frühstücken. Kurz denken Ivar und ich darüber nach, das Boot rauszuschieben, aber der Wind raubt uns ja schon an Land den Atem. Gleich darauf zieht er noch mehr an. Nicht nur der See zeigt sich heute von seiner unruhigen Seite. Die Wolken rauschen im Eiltempo über uns vorbei, grau und dunkel. Stroh, Weidenzweige und andere Äste wirbeln durch die Luft, nicht einmal unserer Kammer wird Ruhe gegönnt. Drinnen ist es unmöglich, ein Gespräch zu führen, weil der Wind so dröhnt. Noch unmöglicher erscheint nur, heute das Boot auszufahren. Dreht der Wind so auf, frisst der Ofen ganz schön viel Birkenholz. Ivar bemüht sich, das Feuer mit dem Luftzug zu drosseln. Gelingt ihm kaum. Rauch dringt ins Zimmer. Ich schreibe und bin heilfroh über einen gemütlichen Ruhetag im Bett. Einige Fische werden in den Netzen zwar sterben, aber so ist es nun mal. Laut meinen Aufzeichnungen und Berechnungen standen wir vor dem Netzauslegen gestern Abend bei knapp unter 100 Kilo.

Wir verbringen den gesamten Tag und Abend im Wohnraum. Kommen nur raus, um unser Geschäft zu verrichten, Frischluft zu schnappen und das Wetter zu begutachten, ansonsten stehen heute nur Essen und Schlafen auf dem Programm. Jeder von uns kümmert sich um sich selbst. Am Nachmittag bastle ich an meiner Gitarre an einem neuen Lied.

»… einer meiner Onkel tanzt gern auf Festen. Reist und musiziert, spielt nur mit den Besten …«, singe ich. Ich glaube, ein Blitzen in Ivars Augen wahrzunehmen, bin mir aber nicht sicher, er kommentiert es auch nicht. Gegen elf Uhr sind wir endgültig im Landeanflug ins Traumland. Kurz davor dreht der Wind von West auf Südwest und bleibt die gesamte Nacht so. Ein paar Stunden später verstummt es draußen. Mehrmals wache ich auf, oder sagen wir mal so, ich bin mir nicht sicher, vermutlich verschwimmt alles in einem Traum darüber, dass ich nicht einschlafen kann, und wenn, dann schlecht schlafe.

Der Montag erwacht. Eine ganze Woche sind wir schon hier. Ein kühler Hauch zieht durchs Zimmer. Ich schaue aus dem kleinen Glasausguck. Da draußen liegt Schnee. Alles ist weiß. Ich zittere und bin leicht schockiert. Werfe den Holzofen an, kriege sogar ein passables Feuer hin. Gott sei Dank. Ivar bewegt sich und scheint wach zu sein, bleibt aber im Bett. Ich muss Verantwortung übernehmen. Ich begrüße den Tag draußen. Storsenn gleicht einem Spiegel mit seinem weißen Gebirge und angezuckerten, bewaldeten Hügeln. Auch den wolkenerfüllten Himmel erkenne ich in der Wasseroberfläche wieder. Großartig und unendlich. Ein Schwarm im See. Alles ist bereit. Alles ist ruhig. Sowohl in der Luft als auch im Wasser. Habe ich da den Schatten einer Forelle erblickt, direkt hier beim Zähneputzen?

Auf der anderen Seite des Storsenn hat die gelbe Birke ihr Laub verloren, die Nachbarbirke ist dunkelrot. Eine einsame

Schafsglocke bimmelt von der Nordseite rüber. Ich hole das Fernglas. Eine Aue mit drei Lämmern hat sich während der Futtersuche weggeschlichen. Sie wirken verwirrt und ängstlich. Vielleicht legen sie sich unter eine Fichte.

Ich sehe mehr Ringe im Wasser. Sichtbare Aktivität, was seltsam ist, denn Insekten schwirren im Moment nicht rum. Da sehe ich eine schwache Welle, ist das etwa der Rücken einer Forelle, die da direkt an der Wasseroberfläche neben dem steinernen Steg vorbeigleitet?

Entlang des Südufers am Abflussgebiet unterhalb des Høgefjell meine ich mehr Rücken zu erkennen. Kann es wirklich sein, dass sich die Fische genau jetzt entleeren? Hohe Erwartungen bauen sich auf. Ich bemerke es an Ivar. Er ist aufgestanden und hat sich angezogen, sagt nichts, sein Blick und Körper scheinen jedoch hellwach. Wie ein Hase steht er auf dem Schlossbalkon, erkundet mit dem Fernglas aufmerksamst das Ufer rund um den See. Kurz spüre ich meinen Widerwillen, mit eingefrorenen Händen loszurudern, doch das hier wird die letzte Runde sein. Das Fischen hier war für mich noch nie spannender als in diesem Augenblick.

Zusammen mit Ivar frühstücke ich zügig, direkt vom Schneidebrett. Drei bis fünf Zentimeter liegen draußen, sodass ich Spuren eintrete. Der pappige Schnee wird in einigen Stunden bestimmt komplett verschwunden sein. Auf den Felsen neben dem Boot ist es verdammt rutschig. Ich fege den Schnee weg und helfe Ivar auf seinen Platz. Schiebe uns wie gehabt mit den

Rudern vom Ufer weg. Breche andächtig die dünne Eisdecke. Ein wahrhaft heiliger Moment.

Bereits bevor wir das erste Netz erreichen, sehen wir Fische. Die Boje hüpft auf und ab wie ein Jo-Jo.

»Ei der Daus!«, ruft Ivar vornübergebeugt und aufgeregt.

»Zum Wetterwechsel soll man fischen. Nicht bei Regen, nicht bei Wind, nicht bei Sonnenschein, sondern zu den Übergängen. Am Ufer, in der Tiefe, im Wasser, am Grund, in Strandnähe, von Land aus, dort wimmelt es dann nur so vor Fisch«, predigt Ivar eindringlich. Er ist wieder gut in Fahrt und hat wie immer für alles eine Erklärung.

»Im Übergang geht's also richtig los?«, fasse ich zusammen, etwas weniger atemlos als Ivar.

»Allerdings. Unterschätze nie den Übergang, denn genau da passiert so viel. Da endet es, da beginnt es. Die meisten bekommen den Übergang gar nicht mit. Das Außergewöhnlichste, das am Storsenn je passiert ist, ereignete sich in den 1930ern und ist Großvaters Verdienst. Kurz vor dem Herbstregen und direkt nach einem Unwetter schwammen die größten Fische direkt an der Wasseroberfläche. Die Forellen waren vom Blitz getroffen worden. Er musste die Riesenbrocken einfach nur ins Boot hieven, vierundzwanzig an der Zahl, jeder einzelne von ihnen mit gebrochenem Rücken. Sie hatten es nicht mehr an den Seegrund geschafft.«

Ich rudere zum nächsten Netz. Auch dort blendende Aussichten. Allein mit den bisher gesammelten Fischen und Netzen sind die Zinkwannen schon voll. Wir müssen die Bojen an Ort und Stelle ausleeren. Mir wird kurzfristig übel von all dem Fisch. Es hört einfach nicht auf. Ich stelle mir vor, wie wir sie alle ausnehmen müssen und wie irgendwer sie dann auch noch essen soll. Die Übelkeit verschwindet, wird von Jagdinstinkt abgelöst.

Ivar erwacht bei der Arbeit zum Leben, die Beute schenkt ihm Kraft. Mit der wasserdichten Jacke, den Strickfäustlingen und dem in den Nacken hängenden Krempenhut ist er eins mit seiner Umgebung, dem See, dem Laichkies, der Liebe, der Musik, seiner Ruderbank.

Ein Schwarm ändert seine Richtung, um uns zu entkommen, stellt sich hinter Landzungen und in Buchten oder genau in der Mitte des Sees auf, wo alle am sichersten sind. Gelegentlich heben sie ab und fliegen auf die andere Seite, bleiben lang knapp über der Wasseroberfläche, bevor sie – einen langen Streifen hinter sich herziehend – mit einem Platsch und sich ausbreitendem Ring wieder abtauchen. Einmal, als sie direkt an uns vorbeispringen, erzählt Ivar von den Krick-Enten und dass Großvater und er mit Schrotflinten auf sie schossen, schließlich waren sie trotz allem eine Art Fischwilderer. Seitdem sind viele Jahre vergangen, und der Entenbestand am Storsenn hat sich auf unter zehn Tiere eingependelt, also ist Ivar nun der Meinung, dass heute, in der Moderne, Platz für Mensch und Ente am Storsenn sei.

Epilog

Wir verstauten das Boot, nahmen aus, salzten ein, legten ein, räumten auf und putzten. Arbeiteten schnell, denn wir wollten beide zurück ins Dorf. Hatten zu viel Zeit miteinander verbracht. Wenn ich heute daran zurückdenke, gebe ich dem Vorfall an der Pinkelinsel die Schuld.

Ich schleppte über zehn Kilo Forelle. Der Rest, etwas über 100 Kilo auf fünf Eimer aufgeteilt, stand noch im Keller des Fischerhauses. Als letzte Tat vor unserer Heimreise behandelten wir das Boot noch mit einem Teer-Leinöl-Gemisch, das war vielleicht eine Pampe, hatte schon Vater gesagt, und ich musste ihm recht geben. Als wir die Tür zum Bootshaus abschlossen, tropfte und rann es nur so vom kopfüber liegenden Boot runter. Dann gingen wir. Ivar drehte sich nicht um. Noch auf halbem Weg zum Auto roch es nach Teer.

Nach dem Herbstfischen wurde Ivar schwächer. Ich begleitete ihn zwei Wochen vor Weihnachten an den See, um den Rakfisk abzuholen. Seit unserem Ausflug hatte er abgenommen, seine Stimme war brüchiger und sein Gleichgewicht noch unsicherer geworden. Wir mieteten Schneescooter, wie Ivar es immer schon getan hatte, rollerten mit je einem Schlitten hinter uns, *trollerten*, wie Ivar es hart und feucht auszusprechen pflegt. Die Abholung verlief reibungslos, auch wenn Ivar verwirrter und vorsichtiger geworden war.

Die Rakfiskeimer warteten im Keller des Fischerhauses auf uns und rochen kaum. Einen Teil des Fisches musste ich sechs Monate später trotzdem wegwerfen. Eine Lebensmitteltragödie. Ich erzählte Ivar nie davon, aber selbst er hatte eine Grenze, wie viel Rakfisk er in sich reinstopfen konnte. Der Rest der Verwandtschaft und ich waren nur mäßig interessiert, und Großabnehmer gab es ja keine mehr. Um unseren Rakfisk kommerziell zu verkaufen, fehlte uns die Genehmigung der Lebensmittelbehörde, also war auch das keine Alternative. Im Frühjahr kippte ich eines Abends zig Kilo in den Wald. Mir ist klar, dass das als schwerkriminelle Handlung gilt. Ich verfluche mich hin und wieder dafür und gelobe, dass so etwas nie mehr passieren wird.

Im März sah Ivar noch elender aus. Beim Fischen zeigte sich, wie schwach er war. Im Nachhinein betrachtet, passierte sein gesundheitlicher Verfall über mehrere Jahre hinweg. Nach einer ausgedehnten Tour zwischen Krankenhäusern und Ärzten, Spezialisten und Spitälern im ganzen Land, landete er im Pflegeheim. Ich besuchte ihn. Wir führten gute Gespräche, zumindest meiner Meinung nach. Er war immer noch randvoll mit Ratschlägen und Bewertungen. Eines Tages, als ich gerade zur Tür reinkam, sagte er:

»Streu nicht auch noch Zucker drauf, wenn du Essensreste in Milch eintunkst. Gönn dir nur am Wochenende eine Handvoll Beeren.«

»Ist gut«, antwortete ich und setzte mich neben das Bett.

»Weißt du, was sie in der Scheune bei Rikingset gefunden haben?«, fragte Ivar.

»Nein«, log ich.

Natürlich hatte ich vom Rikingset-Vorfall gehört. Ivar schlief mit einem Revolver unter dem Kopfkissen. Wenn er die Hallingdølen ausgelesen hatte, verkaufte er sie an Vorbeikommende weiter.

»Als die Rikingset-Leute gestorben waren, fand man in der Scheune einen Behälter voller leerer Knäckebrotschachteln. Darüber solltest du mal nachdenken, du Fettwanst.«

So ging es noch eine Weile weiter. Ich traf Ivars älteste Tochter Astrid im Laden. Sie sagte, Ivar würde immer schwächer. Ich wollte ihn sehen. Ich nahm uns je ein Sechserpack Bier mit. Er trank kaum was davon, aber wir hatten eine gute Zeit, als wir gemeinsam ein Bierchen zischten. Auf unsere Art zollten wir so dem Leben und allem drum herum Tribut. Der Tod schien an Gefährlichkeit zu verlieren.

»Prost«, sagte Ivar und hob seine Bierdose mit dem Arm, in dem eine Kanüle steckte.

»Prost«, sagte ich.

Ich erzählte ihm, wie ich mich um Storsenn kümmerte. Dass ich ihm selbstverständlich Bericht erstatten würde über den diesjährigen Fang und alle anderen Begebenheiten, die ich über Mensch und Tier am, im und um den See mitbekam. Er nickte zum Dank.

Beim nächsten Besuch brachte ich Laichkies in einem Kessel mit und konnte ihn vor Ort wärmen. Da lächelte er mich mit eingefallenen Augen an. Es war schön zu sehen, wie der Sand durch seine alten Finger und Hände rieselte. Sie waren winzig und dürr geworden. Noch einige Zeit stellte Ivar zu allem Möglichen Fragen und meinte, dass er sich bald wieder erholen würde. Alles hinge nur davon ab, die richtige Medizin, Behandlung und ärztliche Betreuung zu finden, dann sei er wieder auf den Beinen. Vielleicht sogar schon nächste Woche. »Wenn ich mich wieder hochgerappelt habe, fahre ich nach Hardanger. Und zur Baronie in Rosendal. Da bin ich schon mal gewesen und hab mich heimisch gefühlt.«

Nach und nach redete nur mehr ich. In den letzten Monaten konnte er nicht mehr gehen und war pflegebedürftig geworden, und ich besuchte ihn mehrmals. Bei einer dieser Visiten waren gerade zwei Pflegerinnen mit ihm beschäftigt, als ich reinkam. Als sie fertig waren und den Raum verließen, sagte Ivar mit dünner Stimme: »Zuerst kümmert man sich um andere. Dann kümmern sich andere um einen. Darum geht es eigentlich, Jon.«

Das waren seine letzten Worte an mich. Er zog sich immer mehr in sich zurück, am Ende wirkte er wie ein zerbrechlicher, vorsichtiger Vogel. Der ausatmete. Ich war nicht dabei, als sein Herz einfach aufhörte zu schlagen. Astrid informierte mich. Ich kam sofort. Wie Ivar so dalag, eingeschlafen auf seinem Kissen und mit gefalteten Händen über der Bettdecke, wurde mir bewusst, was alle immer meinen, wenn sie davon erzählen: Der Körper ist eine Hülle; die Seele, das Bewusstsein und die Persönlichkeit ziehen aus ihm aus und in alle, die ihm nahestanden, ein. Jedes Mal, wenn wir über Ivar sprechen oder an ihn denken, lebt er in uns weiter.

Nach Ivars Tod überlegte ich, Storsenn an seine jüngste Tochter Gudrid weiterzugeben. Sie wirkte interessiert, ordentlich, organisiert und genau. Freiheit ist mir wichtiger als Familienehre. So hätte ich einen guten Mittelweg zwischen dem Bewahren einer Tradition und einem Leben in Freiheit gefunden, und was will man eigentlich mehr von einem Heizungslehrer? Doch irgendetwas hielt mich zurück. Ich brachte es nicht übers Herz. Ich gab mir ein Jahr Probezeit. Inzwischen sind mehrere Jahre vergangen. Ich komme gut klar; fische dort und gebe acht darauf. Finde es sowohl lustig als auch interessant. Gelegentlich nervig, aber jedes Mal, wenn ich am Storsenn ankomme, beeindruckt mich seine Schönheit und wie gut es tut, dort zu sein. Also werde ich wohl noch ein paar Jahre drauf aufpassen.

Ach ja. Was ich dazusagen muss, weil es alles beeinflusst hat, was ich hier schreibe: Astrid lud mich ein paar Wochen nach Ivars Beerdigung auf Kaffee und Kuchen ins Sundreby Café ein. Ich kam ein bisschen vor der gut gelaunten Astrid dort an. Sie trauerte immer noch um Ivar, tröstete sich aber damit, dass er ein aktives und langes Leben gehabt, viel geleistet und Einfluss gehabt hatte, sehr geschätzt und geliebt wurde und sich immer um seine Mitmenschen gekümmert hatte, während er gleichzeitig so gelebt hatte, wie es ihm passte, denn er war gut darin gewesen, sich zu amüsieren, was sie als durchaus tröstlich empfand, meinte Astrid.

Dann holte sie einen Umschlag aus ihrer Handtasche und schob ihn unter dem Tisch zu mir rüber. Ich öffnete ihn und fand meine Geburtsurkunde darin.

»Wieso hast du die denn?«, fragte ich.

»Wir sind über sie gestolpert, als wir Vaters Sachen aufgeräumt haben. Lustig, dass du es jetzt schwarz auf weiß hast«, sagte sie mit einem Lächeln um die Lippen.

»Was denn genau?«

»Nun ja, dass Ivar dein Vater war. Steht ja da«, sagte Astrid und deutete auf seinen mit der Schreibmaschine getippten Namen und dann, etwas weiter unten, auf seine Unterschrift, Ivar Helgesson Aal, beides auf meiner Geburtsurkunde.

An viel mehr erinnere ich mich nicht mehr. Nur, dass ich von da an schwieg.

»Wusstest du das denn nicht?«, flüsterte Astrid nach einer Weile. »War doch nie ein großes Geheimnis«, sagte sie leise, überrascht und offensichtlich verwirrt darüber, dass ich weinte.

Ich sagte nichts, war geschockt. Astrid erzählte, dass Mutter damals ein Zimmer am Aal-Hof angeboten wurde, als sie nach Ål gekommen war. Im Stockwerk über ihr wohnte Ivar. Sie waren eine Zeit lang ein Paar, bis Vater aus Voss mit seinem Gesellenbrief und maßgeschneidertem Tweedanzug und Weste nach Hause kam. Ivar hatte lang daran zu knabbern und blieb einige Jahre Junggeselle, bis Tante Gro in sein Leben trat.

Ich verstand immer noch nicht das Ausmaß dessen, was ich da hörte. Astrid hatte aufgehört zu sprechen. Ich schüttelte den Kopf und versuchte aufzuwachen.

»Vielleicht ist das alles gar nicht so wichtig?«, versuchte es Astrid schließlich. Nicht so wichtig, dachte ich. Dabei stellte es alles auf den Kopf: wer ich bin, wer ich annahm zu sein. Es erklärte einiges, nicht zuletzt Ivars Verhalten. Schließlich war ich sein Sohn. War Ivar deshalb immer so hart zu mir gewesen? Nein, das konnte ich nicht einfach so deuten, ich konnte ja kaum klar denken. Das hier war eine Nummer zu groß. Mein ganzes Leben lang hatte ich mich mit meinem Vater identifiziert. Ivar war mein Onkel. Mein Vater war mein Vater.

»Dieses Foto haben wir auch gefunden«, sagte Astrid und

schob etwas über den Tisch zu mir rüber. Ich erkannte es sofort wieder; es war auf ihrer Dreißigerfeier aufgenommen worden. Sie hatte alle eingeladen, die sie kannte. Auch Cousins, Onkel und Tanten. Man sah mich vor der Gruppe stehen, Gitarre spielen und singen. Zu meiner Rechten stand Ivar, mit dem Gesicht direkt zum Fotografen gerichtet, und lächelte verschmitzt, während er mich konzentriert beobachtete.

»Er war immer stolz auf dich. Kann man hier ganz gut sehen, oder?«, meinte Astrid.

Nach der ganzen Vater-Geschichte war ich froh, Heizungslehrer zu sein, denn das gab mir einen festen Rahmen in meinem Leben, klare Aufgaben und Kollegen um mich herum. Mit der Musikkarriere ging es nur langsam voran, vor allem, was meine Soloprojekte betraf, aber ich hatte Spaß und konnte mit meinen Bands Erfolge verzeichnen. Als Erstes fand meine Singer-Songwriter-Progband Olav & The Sniking Føkkers Beachtung, dann starteten Die Passivaggressiven mit einem Album und einer Tour durch. Eine Zeit lang setzte ich mit meinem Quintett Die Løbbelkompanie auf Country-Rock und Hallingdaldialekt-Texte, doch das brachte nicht viel, immerhin hatten sich die Haugen-Brüder mit etwas Ähnlichem nachhaltig einen Namen gemacht. Außerdem standen wir beständig im Schatten der starken Nordicana-Bewegung, die damals das Land beherrschte. Die Løbbelkompanie war zu zusammengepfuscht, um es mit den bürgerlichen Immobilienfritzen aus

Darling West aufnehmen zu können, zu alt im Vergleich mit der Nabelschau betreibenden Jørund Vålandsmyr & Menigheten, und uns fehlte die Eleganz der klugen Johan Berggren & Innflytterne. Tja, das mit dem Durchbruch ist eben doch nicht so einfach. Man sollte sich nie mit anderen vergleichen.

Im Mai nach Ivars Tod kamen die Kraniche zum Moor auf der Nordseite zurück. Musste wohl ihr fester Nistplatz sein. Ich leistete mir das allertollste Vogelbeobachtungsfernglas. Damit sitze ich auf dem Schlossbalkon und beobachte sie, besonders zu Beginn der Nistzeit, wenn sie tanzen. Vier Kraniche sind ständig dort und passen ihre Farbe dem Moor an. Nun fehlt mir nur noch der Fischadler im Gebirge.

Doch es hat sich noch viel mehr getan; den widerlichen Pulverkaffee habe ich durch Espresso aus der French Press ersetzt. Wenn schon Dorf-Hipster, dann richtig.

Ich habe die Baumwollnetze durch Nylonnetze ausgetauscht, die machen die Arbeit fast von allein und kosten heute kaum noch was. Beim Probefischen vor drei Jahren waren bei den jüngeren Exemplaren viele Würmer dabei, und die größten waren in enttäuschendem Zustand. Das *kann* ein Indiz für eine mögliche Überbevölkerung im See sein, also fische ich jetzt meistens mit Netzen von 26 bis 34 mm. Das führt zu größeren Fängen als früher, das Durchschnittsgewicht sinkt jedoch. Wir werden sehen. Sicher ist nur, dass das, was für Ivar galt, für mich überhaupt nicht passen muss und sogar falsch sein kann. Ich bin bereit für einen Kurswechsel. Ich fische nicht nur im Herbst, wie Ivar, sondern lege auch im Sommer Netze aus. Die Gesamtmenge an gefangenem Fisch beträgt weiterhin stabile 120 Kilo. Statt in Rakfisk investiere ich aber in vakuumierten, tiefgefrorenen Fisch. Ein Eimer voller eingelegter Fischstücke reicht mir vollkommen, da sind mir 100 Kilo essfertige Forelle im Gefrierschrank zum einfach vor dem Abendessen Auftauen und Anbraten viel lieber, denn die sättigen mich den ganzen Winter lang. Es gibt kaum etwas Köstlicheres als Wildforelle mit Salz, Pfeffer und Estragon. Wenn Gäste angekündigt sind, kann man sie mit der klassischen Sandefjordsmør-Sauce, Gurkensalat und saurer Sahne mit Meerrettich servieren, nur so ein kleiner Tipp. So macht man sich Freunde.

An der Seitenwand des Fischerhauses habe ich Sonnenkollektoren montiert, mit denen ich die Batterie des elektrischen Außenbordmotors auflade, durch den ich allein Netzfischen konnte. Damit hörte ich jedoch rasch wieder auf. Das Tolle an Storsenn ist, dass man gemeinsam dort sein kann, mich haben schon unterschiedliche Leute begleitet, unter anderem die Söhne und Töchter meiner beiden Geschwister väterlicherseits, also besser gesagt meiner Halbgeschwister. Dadurch gewinnen auch sie mehr Einblick und übernehmen Eigenverantwortung. Ich erkannte schnell, dass es am besten ist, das Team jeden zweiten Tag auszuwechseln, da mir dann dabei geholfen wird, den Fisch zum Auto zu schleppen.

Die beste Gesellschaft am Storsenn leistet mir jedoch immer noch Anne. Eines schönen Herbsttages tauchte sie auf. Ich nahm gerade die Fische aus und weiß noch, dass ich einfach nur grinste, mehr bekam ich nicht auf die Reihe in diesem Augenblick. Ich war so unendlich glücklich. Ich wusste, dass sie eines Tages kommen würde.

Die Originalausgabe erschien 2021 unter dem Titel
»Fiskehuset« bei Forlaget Oktober AS, Oslo

Der Verlag behält sich die Verwertung der urheberrechtlich
geschützten Inhalte dieses Werkes für Zwecke des Text- und
Data-Minings nach § 44 b UrhG ausdrücklich vor.
Jegliche unbefugte Nutzung ist hiermit ausgeschlossen.

Penguin Random House Verlagsgruppe FSC® N001967

1. Auflage
Copyright © der Originalausgabe 2021 by Stein Torleif Bjella
Copyright © der deutschsprachigen Ausgabe 2024 by btb Verlag
in der Penguin Random House Verlagsgruppe GmbH
Neumarkter Straße 28, 81673 München
Published in agreement with Oslo Literary Agency
Covergestaltung: semper smile, München, nach einem Entwurf
und unter Verwendung eines Motivs von Håvard Gjelseth
Autorenfoto: © Baard Henriksen
Satz: Uhl + Massopust, Aalen
Druck und Einband: GGP Media GmbH, Pößneck
Printed in Germany
ISBN 978-3-442-76228-6

www.btb-verlag.de
www.facebook.com/penguinbuecher